우리 **함께, 걸어요, 희망이 보일 거예요**

차 례

제3부 희망이 보이네요

에필로그

<석양>

조희정

바닷가 옆길에서
잠시
멈추어 바라봅니다.

태양이 다시 떠오르듯
어둠을 이긴 내일

미처 이루지 못한 소망들이
좀 더
다가서 있기를.

우리
함께 걸어요.
가다 보면 희망도 보이겠지요.

더 행복해질 것이라 믿습니다.
감사합니다.
고맙습니다.

프롤로그

이 책을 왜 쓰는가?

저자는 현재 인천의 일반고등학교에서 행정실장으로 근무한다. 25년간 수행한 교육행정 분야에서 직접 겪고, 보고 들은 내용을 중심으로 이 책을 엮었다.

특히 다년간 교육청 주무관으로 이 부서, 저 부서에서 만났던 직원들, 그가 이루어낸 개선과 혁신, 힘겨운 나날을 이겨내려는 몸부림, 동료들과 함께했던 업무성과 등을 아우른다.

성공하는 주무관이 되기 위해서 무엇이 필요할까? 이 책을 읽어보면 자연스럽게 답을 찾을 수 있으리라 짐작해본다.

그러함에도 이 책을 집필하는 목적은, 주무관으로 근무한 긴 세월, 저자가 가고자 했던 길은 오직 희망의 길이었음을 밝히는 것이다.

세 번의 승진 시험에 실패하여 좌절과 고통에 빠진 시간조차도 주어진 여건에 직면했다.

우리의 현실 속에서 펼쳐지는 평범한 공무원의 이야기를 통해 이 책을 보는 단 한 명의 독자에게라도 삶의 힘이 되기를 소망한다.

제1부 함께

♈ 신기루 같았던 사무관, 그놈이 되고 보니!

♈ 존중받으려면 먼저 인사해라

♈ 유연성, 불변의 논리란 없다

♈ 직원과 잘 어우러져야 출세한다

♈ 어려운 처신, 그 정답은?

♈ 실수를 줄이려면?

♈ 보고도 문서도 신속, 간단, 정확해야!

신기루 같던 사무관, 그놈이 되고 보니!

권위는 필요 없다. 책상 명패가 없는 인천의 제1호 교육행정 사무관이 되었다. 공무원 초창기부터 사무관과 함께 울고 웃으며, 빠르게 사무관이 되고 싶었다.

그러나 계획과 달리 뒤늦은 승진, 되고 보니 문제가 또 보인다. 어째야 할까?

2022. 1. 1. 지방 교육 행정사무관 승진발령을 받았다. 발령이 나자 학교로부터 연락이 왔다. “실장님, 명패를 어떻게 해드릴까요”

명패? 그 말을 듣는 순간, 그간 보아온 행정실장들의 명패들이 불현듯 스쳤다. 시꺼먼 바탕에 하얀 글씨로 묵직하게 새겼던 ‘지방 교육 행정사무관 아무개’, 투명한 크리스털에 검정 글씨로 새겨진 ‘행정실장 사무관 아무개’, 그런 기억들이 스치면서 대답을 이어갔다.

“명패 필요 없습니다. 직원들과 같은 형태로 행정실장 조희정이라고 써주세요. 감사합니다” 이렇게 명패 없는 제1호 행정실장이 되었다.

지방 교육 행정사무관은 본청에서는 팀장, 교육지원청 과장, 고등학교의 행정실장을 수행하는 공무원이다. 교육지원청 9급 시보 발령을 받아 공직 생활을 시작한 나는 사무관이라는 직급이 매우 높고 크게 느껴졌다.

공무원 총 경력 25년 중 20년을 학교와 사업소가 아닌 교육청에서 근무했다. 그러다 보니 팀장, 과장의 직책을 수행하는 사무관들과 대면할 기회가 많았다. 그분들의 영향으로 사무관이 되기 위해 일찍부터 준비했다.

동기들보다 다소 늦은 나이로 공직에 들어오다 보니 조금 더 열심히 해서 조금 더 빨리 사무관이 되고 싶었다. 그래서 어렵고 힘든 본청 생활을 마다하지 않았다. 사업소와 학교의 짧은 경력을 제외하고 대부분의 생활을 본청에서 이어갔다.

오랜 기간 여러 번에 걸친 사무관이라는 직급을 가진 사람들을 만나고 대하면서 다소 혼란스러웠다. 직근 상관인 그들은 과연 무엇을 위해 존재할까, 직급이 높다고 부하직원이라는 이유로 사람을 함부로 대해도 되나?

진보적이면서 빠릿빠릿하다고 여겼던 사람들이 사무관에 임관하고 나면 왜 보수적으로 변하지?

마음이 가까웠던 동료들도 사무관이라는 시험을 통과하고 나면 왜 대하기 어렵게 변해갈까, 답을 찾기가 여간 어려운 게 아니었다.

교육지원청에서 근무한 8급 때 일이다. 학생수용계획과 관련하여 인천의 소래포구 인근 개발사업 협의를 담당했는데, 어느 날인가 지역 방송사에서 인터뷰 요청이 왔다.

이제야 공직 3년 차라서 별다른 고민 없이 결재권자들에게 보고했다. 당일 아침 팀장님과 과장님은 출장이다. 계획을 한 것이든 아니든 결과적으로 담당자인 나만 사무실에 남아 있게 되었다.

선택의 여지 없이 인터뷰에 응해야 했다. 무려 두 시간에 걸쳐 이런저런 답변을 했다. 오후가 되어 귀청한 팀장님과 과장님에게 인터뷰 내용을 자세히 설명해 드렸다. '조 주무관, 수고했어요' 이 한마디로 지나쳤다.

인터뷰 내용은 2주쯤 지나고 난 어느 날 아침 방영되었다. 얼굴은 나오지 않고 목소리만 전달했다. "교육청에서 학교를 지어야 한다는 이유로 개발업자의 사업 자체를 무산시킬 수는 없습니다" 이 한마디였다.

앞뒤 맥락 없이 이 말만 들을 일반 시청자들은 어떻게 생각할까? 담당 공무원은 돈 많은 재벌 사업자를 도와주는 놈, 무사안일한 놈, 복지부동한 놈이라고 여길 것이다.

이런 상황에 직면한 나는 상급자들에 대해 고민이 많았다. 하찮은 8급 공무원이라서 이렇게 가볍게 취급받는 것인가? 이후에도 과장님이었던 사무관은 그날의 인터뷰에 대해 일언반구도 없었다.

다가서기 어려웠던 사무관은 그뿐이 아니었다. 6급으로서 본청에서 학생 배치업무를 담당한 시절, 1억원의 예산을 투입한 연구용역 발주가 있었다. 연구용역 추진계획 수립, 입찰공고, 제안서 접수, 평가, 가격 입찰 순으로 진행되는 업무였다.

제안서 평가와 관련하여 연구용역 담당자에게 전화했는데, 마침 부재중이라 통화가 되지 않았다. 그래서 나름 빠른 업무추진을 도모하고자 팀장님에게 전화를 걸었다. 평가 기준에 대해 여쭈어보려고 했다.

그러나 사무관인 그 팀장님의 제1설은 기가 막혔다. "주무관이 다른 부서 팀장에게 전화를 걸어 용건을 묻는 게 맞습니까?" 그 말을 듣는 순간 어이가 없었다.

아니, 언제부터 사무관이었다고, 직원이 사무관에게 전화도 못 할 정도로 높은 사람이란 말인가? 죄송하다고 하면서 전화를 끊고, 당시 우리 팀장님에게 말씀을 드렸다. "이런 경우에 대해 어떻게 생각하시나요?" "거참!, 거참!" 탄식만 하시던 모습이 지금도 눈에 선하다.

2010년 이후 3년 3개월 동안 고등학교 학생 배치업무를 담당했고, 사무관 세 명과 근무했다. 그들 중 1명은 4급 서기관으로 승진 후 퇴직했다.

현재까지 2명은 승승장구 중이다. 한 분은 2022년 3급으로 승진하여 연말에 퇴직 예정이다. 다른 한 분은 현재 도서관장(4급)으로 근무 중이다. 아마 3급 기관장을 다년간 수행할 것으로 예상된다.

이때 함께 근무했던 사무관들은 성격이나 업무능력, 특히 조직 내외에서의 인간관계가 모두 탁월한 분들이라고 기억된다. 그래서인지 승진에 승진을 거듭했다. 이런 분들과 생활하다 보니 나도 빨리 사무관이 되고 싶었다.

그러나 사무관, 그놈은 신기루였다. 잠시 보이는 듯 했지만 결단코 원하던 시기에 내 손에 잡히지 않았다. 좀 더 빠르게 그 곁에 다가서고 싶었지만, 결과적으로 공직 25년 만에 이르렀다.

수년간의 고군분투가 있었고, 끝없는 인내력을 요구한 매우 어려운 시간이 흐른 뒤에야 비로소 그놈은 나에게로 왔다.

6급으로 본청에서 고군분투한 기간만 11년, 온갖 사건 사고와 대가를 다 치르고 장렬하게 전사한 장병처럼 내 몸과 마음이 쓰러지기 직전에 이르러서야 사무관에 임용되었다.

그놈이 내게 온 지 9개월, 이제 만족스러운가? 어느 날 이런 질문을 하게 되었다. 세 번의 시험 실패로 도저히 다가갈 수 없는 신기루가 되기 직전이던 사무관, 가까스로 부여잡은 사무관, 이제야 되었다. 정말 좋은 일인가?

연봉이 조금 올랐고, 사무실에 출근할 때 편안했다. 명함에 인천모모고등학교 지방 교육 행정사무관이라고 새겼다.

가슴 한쪽에 무엇인지 모를 응어리가 뭉쳐 있었는데 갑자기 없어진 듯한 기분이다.

사무관 시험에 통과하고 나면 이어서 승진자 연수를

받는다. 전국 시도교육청에서 임용 예정인 3백여 명의 임용후보자가 함께했다.

교육과정 자체는 나무랄 수 없을 만큼 3주에 걸쳐 잘 짜여 있다. 다양한 분야의 전문가들을 강사로 초청하여 여러 가지 중간관리자로서 소양을 쌓고 토론과 협의 시간도 여러 번이다.

그러면서 상당 시간 사무관 선배들이 출연한다. "승진을 축하한다. 사무관에 임용되고 조금 견디면 서기관도 되고 부이사관도 된다. 이런저런 경험을 통해 여기까지 도달했다. 관리자로서 가져야 할 교양이나 정신은 이런 것이다" 등등 훌륭한 선배 사무관들이 다양한 조언을 해준다.

앞에서 언급했듯이 사무관에 임용되면 왜 보수화되고 권위적인 사람이 될까? 물음이 풀리는 순간이다. 이 승진자 연수가 주범이었다. 오랜 시간 준비했고, 여러 노력 끝에 업무성과를 인정받아 승진하게 되어 기쁜 것은 사실이다.

그러나 승진으로 중간관리자가 되었으니 앞으로는 관리자의 눈으로 바라보고 판단해야 한다는 것이 교육과정 전반에 흐르고 있었다.

즉, 하급자들을 어떻게 하면 효율적으로 이끌어갈 것인지 일종의 통치 기술을 알려주는 교육이었다.

해방 이후 50년 이상을 한쪽 편의 관점에서 이 사회를 이끌어왔다. 그들의 통치 기술이 공무원 교육과정 전체에 뿌리를 내렸고, 전통을 이어온 결과라고 보인다.

이러한 교육으로 자연스럽게 한 편의 시각에 매몰되고, 권위가 중요하다고 여기게 되는 것이다.

나는 주장한다. 현재의 사무관 승진자 교육과정 자체를 대대적으로 수술해야 한다. 그래야 공무원 조직이 변해 갈 수 있다.

공무원으로서 첫 임명장을 받을 때 누구든 선서한다. "나는 국민의 봉사자다"라고. 사무관에 임용되면 국가와 국민 사이에서 봉사자의 역할을 잘 수행하도록 그러한 기억을 다시 상기시켜야 한다.

특히 중간관리자로서 어느 한쪽에 치우치지 않고, 정책 입안과 사업 추진, 예산집행 등을 할 수 있도록 뒤를 받쳐주는 교육이어야 한다. 향후 서기관이 되고, 부이사관이 되는 새로운 길목에 들어서면서 상급자의 말을 잘 듣는 수동적 사무관을 양성하는 교육이 아니었으면 좋겠다.

존중받으려면 먼저 인사해라

승진 시험 3진 아웃 이후 여러 명의 어린 팀장님들과 보낸 본청 생활. 내가 먼저 존중한다는 자세와 솔선수범을 우선했다.

승진발령과 함께 위로의 한 마디를 스스로 건넸다. '그간 애 많이 썼다!' 직장에서 존중받기 위해 나를 낮추고 먼저 인사하기를 실천했다.

본청 팀 내에서 차석 자리는 애매하고 모호하기 그지없다. 위로는 팀장님과 과장님이 있고, 후배들 여러 명과 함께 근무한다. 후배들은 부하가 아니다. 동료 직원일 뿐이다.

그러나 실제 업무 과정에서는 선배로서 여러 가지 조율과 능력 발휘를 요구한다. 오랜 기간 쌓아온 업무 경험을 나누고, 팀 내 직원들의 업무처리 과정에서 예상하지 못한 문제가 생기면 의견 개진도 한다. 명시적으로는 어떤 권한도 없으면서 실질적으로는 여러 역할을 해야 하는 존재이다.

공직 생활을 서른 살에 시작했고 우여곡절이 엮이면서 최근에는 나이 어린 팀장님을 여러 명 모시게 되었다. 어떻게 처신해야 좋을까? 처음에는 고민하기도 했다.

그러나 마음을 이렇게 다졌다. '나이가 어릴지라도 팀장님에게 존칭어를 사용함은 물론 예의를 지킬 것이며, 출근 인사는 내가 먼저 하자'라고.

이런 결심도 있었다. "나는 업무를 하기 위해 이 자리에 존재한다. 나이로 일하는 것도 아니다. 업무를 매개로 만난 관계다. 친구로 지낼 것도 아니다. 인간관계를 위해 노력하지 마라. 직책으로 일하는 공직사회다.

내가 먼저 인사하고 예의에 어긋남이 없도록 행동했는데도 어린 상급자가 말을 함부로 하거나 인격을 무시 또는 공격한다면, 즉시 대응할 것이고, 본청 근무를 포기할 것이다"

인간관계는 누구나 상대적이다. 여러 명의 팀장님을 대하면서 더욱 확신하게 되었다. 나의 처신이 어긋남이 없으면 상대도 그렇게 반응한다. 계급사회인 공무원 사회에서는 더욱 그렇다. 지금도 나와 같은 처지, 즉 나이 어린 팀장님과 근무하는 직원이 있을 수 있다. 자신을 낮추고 마음을 다하라 말하고 싶다. 그래야만 상급자도 나를 존중할 것이다.

한편으로는 운이 좋았다. 함께 근무한 팀장님들은 하나 같이 성격이 둥글둥글했기 때문이다. 남성이든 여성이든 단편적인 작은 일에 부화뇌동하거나 급하게 화를 내고 토라지는 사람이 한 명도 없었다. 얼마나 다행인지 모르겠다.

승진 인사발령으로 학교에 나오면서, '교육청 생활이 참으로 고달팠구나! 3진 아웃과 함께 계속된 교육청 근무로 어린 상관을 모시느라 정말 여러모로 애썼다. 고생했다' 스스로 위로의 말을 했다.

본청에서 만난 팀장님들은 크게 세 부류였다. 첫 번째는 성품이 올곧고 마음과 사고가 유연한 소유자들이다. 왠지 일이 많아도 문제들이 술술 풀리면서 창의성을 더욱 발휘하고 싶어진다.

팀장님들은 대체로 업무처리 속도나 이해도도 뒤지지 않으며, 직원과의 소통도 원활하다. 중간관리자로서 손색이 없는 분들이다.

이런 경우 나는 더욱 긴장한다. 빈틈을 보여주고 싶지 않기 때문이다. 그래서 주어진 업무에 대해 이것저것 솔선수범하여 챙겨나간다.

두 번째는 고집스러우면서 나름 판단력을 가진 분들이다. 직원들과의 소통에는 다소 부족할 때가 많다.

예를 들자면, 사안이 발생하고 나면 직원에게 묻기는 한다. 이런저런 이야기를 다 듣고 나서 하는 말, "자, 충분히 잘 들었습니다. 결정은 제가 알아서 합니다"라는 식이었다. 그러면서도 법과 원칙을 따지고 자신의 논리가 정당함을 주장했다.

이런 분들과 같이 일하자면 한마디로 피곤하다. 사안에 대한 업무보고 때도 부담스러운 마음이 먼저 생긴다. 또 무슨 억지를 부리려나 하는 걱정이 앞서기 때문이다.

세 번째는 성격이 꼬장꼬장하고 무엇인가 단단하게 뭉쳐진 내면을 가진 분들이다. 융통성과 거리가 멀고, 자신의 철학이나 가치관이 확실하다.

예를 들면, 학교는 무엇보다 안전이 중요하다고 강조한다. 이를 위해 정해진 절차 또는 규정대로 처리될 것을 요구한다.

이런 분들과 함께 근무하면 업무를 철저하게 챙김으로써 감사관의 지적에서 피해 나갈 수 있다. 그러나 그간의 경험으로 유추해 보면, 감사에서 주로 지적되는 사항도 시대나 상황에 따라 달라지므로 완벽이란 있을 수 없다.

주변 직원들은 쉽게 피로감을 느끼고 인간미가 없기에 힘들어한다. 함께 근무하기를 전혀 바라지 않는다. 일을 힘들게 하고 싶지 않기 때문이다. 요즘의 젊은 후배들은 상급자가 괴롭힐 여지만 보여도 휴직이라는 강력한 카드를 사용한다.

내가 먼저 존중한다는 결의가 있었기에, 다양한 부류의 팀장님과 함께 한 시간이 어렵지 않았다. 자연스럽게 후배 공무원들에게도 말을 쉽게 놓지 않은 습관이 생겼다.

나이가 조금 지긋하게 든 현재 시점에서 타인을 배려하는 나의 강점 중 하나이다. 다행이고 감사한 일이다.

유연성, 불변의 논리란 없다

공무원은 사고방식이 유연해야 조직에 잘 적응할 수 있다. 특수교육 지원수당과 학교 신설을 바라보는 두 개의 관점이 있다. 어느 편에 설 것인가?

유연성은 상급자나 동료 간에도 필요하다. 상대적이란 용어와 일맥상통한다. 같은 상급자를 두고도 보는 이에 따라 다르게 평가하기도 하며, 그 상급자도 부하직원을 다르게 볼 수 있다.

사람 간에는 불변의 논리 같은 것은 없다.

성공한 주무관이 되기 위해서는 유연한 사고 능력이 있어야 한다. 즉, 유연하게 업무를 대해야 한다. 절대적이고 불변의 논리 같은 것은 공무원의 업무 세계에 필요하지 않다.

설령 존재한다 해도 그 수명은 매우 짧다. 교육계 수장 또는 정부가 바뀌거나 시대 상황에 따라 각종 기준이나 근거 등이 변할 수 있다.

과거의 학교 교육은 흑백논리나 이분법적 사고에 익숙하다. 물론 일정 부분은 현재도 진행 중이다. 그러나 지금의 교육청에서는 이분법적 논리에 입각한 판단이나 업무추진은 효과를 발휘할 수 없는 상황이다.

유연성을 가지려면 어떻게 해야 할까? 끊임없는 업무 연찬이 필요하다. 또한 자기 계발 노력을 게을리하지 말아야 한다. 좁고 편협한 식견 또는 일방적인 견해로 만든 보고서는 조잡한 보고서로 이어진다.

사용자 입장이냐, 근로자 입장이냐에 따라 같은 현상이나 사물도 다르게 보게 된다. 그 이유는 자기가 듣고 싶은 것만 듣고, 보고 싶은 것만 보는 것으로부터 출발한다. 누구나 마찬가지다. 사람들은 일반적으로 관심이 있는 부분에 대해서만 귀를 기울이기 때문이다.

이 부분은 직장뿐만 아니라 가정 내에서의 자녀 또는 부부 문제도 비슷하다. 두 아들을 기르고 있지만, 아이들에게 내 말을 따르라고 강요하는 일은 거의 없다. 어떤 사안이 생기면, 나와 생각이 다를 수 있다고 전제한다. 그렇게 하면 아이들에게 화를 내거나 소리를 지를 일이 없다.

유연성 하면 떠오르는 일화가 있다. 학교 근로자 중 특수교육실무사는 특수교육대상자 수업을 보조하고 등하교 지도 등을 한다. 이분들은 교육청 앞에서 오랜 기간 집회, 시위, 기자회견 등을 수시로 해왔다. 이유는 특수교육지원 수당 5만 원을 매월 지급해달라는 것이다.

그들과의 대화를 통해 일종의 위험수당이라는 설명을 들었다. 수업 시간 등 아이들과 함께 대면하면 꼬집히고 부딪치는 일이 자주 있고 그로 인해 위협감을 느끼기도 한다는 이야기였고, 아이들을 돌봄 대가로 위험수당을 달라고 할 수 없어서 지원수당이라고 명명했다는 것이다.

이러한 장면도 교육과정을 운영하는 사용자 관점으로 보면 다르게 해석할 수 있다. 근로자에게는 근로계약이 있고 계약에 명시된 근로조건이 이행되어야 한다. 그 외 다른 사항은 수용할 수 없다. 또한 특정 근로자에게만 수당을 신설한다는 것은 크나큰 부담이다. 비슷한 업무를 수행하는 다른 직종을 넘어 근로자 전체에게 파급효과가 미치기 때문이다.

하나를 들어주면 거기에서 그치지 않고 연쇄적으로

수용 범위가 확대된다. 그러다 보면 아이들 교육활동에 직접 활용되어야 할 재원을 본래의 목적에서 벗어나게 전용하기도 한다. 결과적으로 교육활동이 위축되고, 교육청 전체적으로 위태로움을 가져오게 될 것이라는 논리를 펴게 된다. 그래서 근로자들의 요구를 수용할 수 없다고 강변한다.

또 다른 예를 들어본다. 학교설립과 관련하여 아파트가 밀집된 원도심 지역에 초등학교 하나가 신도시 지역으로 이전하게 되었다. 학교가 옮겨가고 남은 부지의 활용 문제가 대두된 적이 있다.

주변 지역 아파트가 거의 12,000세대다. 초 · 중 등 학생 수도 어마어마하다. 아파트 입주민 9천여 명이 집단 서명으로 일반고등학교를 설립해달라는 청원을 의회에 제출했고, 교육청에서 해결하라는 과제를 부여받았다.

이러한 상황에서 담당자의 가치관과 철학에 따라 다르게 상반된 내용으로 대처할 수 있다.

우선 학생 배치계획을 검토하여 학교설립 여건을 따져볼 것이다. 현재 학생 수, 장래에 새롭게 유발될 학생 수 등을 고려하여 학생 배치계획을 수립한다.

신설 소요가 발생하려면 현재의 학생 배치 여건을 분석하고, 미래 특정 시점에 학생들이 증가하여 기존 학교에 수용이 불가하다고 판단될 경우, 새로운 학교

설립을 추진한다.

한때는 교육부의 강력한 의지로 적정규모 학교 육성이라는 정책을 추진하기도 했다. 물론 학급당 학생 수가 현재와는 비교도 되지 않은 시절의 이야기이다. 학급당 학생 수가 40명을 넘어가던 때의 정책이다.

그래서 적정규모는 고등학교의 경우 24~36학급, 학급당 30명 내외라고 주장했다. 물론 대학 등 각종 연구 결과물에 기초한 정책이다. 교육재정을 중심에 둔 행정가의 관점을 강조한 것이다.

이렇게 보는 관점은 위의 청원에서 교육재정을 중심에 두고 보기 때문에 학교 신설 자체가 불가능하다. 인천의 경우 하나의 학교당 최소 3~4백억 원이 들어간다.

적정규모를 넘어가는 학교의 신설은 개교 이후에도 학교 운영비, 인건비, 교육사업비 등이 끝없이 소요되므로 재원의 낭비라 주장한다.

아울러 교육부나 감사원의 감사에 적발이 예상되고 관련자의 징계처분으로 이어질 수 있다고 경고한다. 각종 보고서를 통해 이러한 판단으로 본인은 죄가 없다고 문서화하려고 노력한다.

그래서 결론적으로 '학교 신설 판단은 신중해야!'라고 주장한다. 이해된다. 그러나 반대의 관점도 있을 수 있다.

초등학교 옛터에 집단으로 제기한 청원을 수용할 수도 있다. 학교 신설은 학생들의 교육활동 조성과 교육과정 운영이라는 측면을 중심에 둔다면 다른 판단을 할 수 있다. 그런 경우 열악한 교육재정 속에서도 학교 신설에 신규 재원 투입은 필요조건일 뿐이다.

인천의 경우, 2023학년도에는 고등학교 학교군과 지역에 따라 학급당 학생 수 차이가 크다. 많게는 32명, 적게는 27명으로 운영할 예정이다.

그런데 도심지역에 학교를 신설함으로써 하나의 교실에서 공부하는 학급당 학생 수를 15명 내외로 줄여준다면, 선생님들은 좀 더 많은 관심과 애정을 학생들에게 쏟을 수 있다.

학생 배치계획은 초·중등교육 법령에 의거 교육감의 재량이다. 그래서 '학교 신설은 학생들의 학습 여건 개선을 위해 가능하고, 다만, 재원을 어떻게 확보하고 분배할 것인가의 문제다'라고 주장한다.

이러한 관점에서는 교육활동을 효과적으로 펼칠 수 있도록 학급당 학생 수를 낮추기 위한 학교 신설은 가능하다고 판단한다. 이렇게 보면 학교 신설이 무한정 필요할 수 있다. 다만, 재원이 허락해야 한다. 교육부에 절대 의존하는 현재의 교육재정 상황에서는 매우 어려운 일이다.

유연성은 이처럼 학교 신설 요구라는 현상에 대하여도 상반된 두 개의 관점으로 볼 수 있는 것을 말한다.

현황, 문제, 원인, 대안 등을 포함하여 정책추진에 따른 장단점까지 요모조모 따져보고 그 효과를 비교 형량할 수 있어야 한다.

어떤 하나 만의 관점으로 분석된 사례는 그 부작용이 크다. 종국에 가서는 잘못된 정책이라는 오명을 뒤집어쓰기도 한다.

유연성은 사람에게 적용할 때는 상대적이라는 용어와 일맥상통한다. 공무원 생활을 하다 보면 성격이 유한 사람 또는 강한 사람, 문서의 단어 하나까지 확인하며 잔소리를 해대는 까탈스러운 상관 또는 기획서의 방향 등 큰 틀에서 판단해 주는 결재권자 등 다양한 부류를 만난다.

직장 내 동료들과 이야기하다 보면 같은 인물의 상급자인데 느끼는 바가 다른 경우가 많다.

많지 않은 학교 근무지에서 나이는 몇 살 차이가 없는데, 공무원 경력이 10년 이상 높았던 상급자를 만난 적이 있었다.

그는 예리한 통찰력이 있고, 매사 비판적인 시각을 가졌다. 6급 직원인 나는 그러한 성향이 좋았고 근무하는 내내 비교적 원만하게 지냈다. 그러나 내 전임자의 그에 대한 평가는 나와 정확히 반대였다.

어느 날 상급자 그는 내 전임자 이야기를 했다. "내가 까칠하게 들이댔다. 업무처리가 마음에 안 들었기 때문이야" 이 말을 듣고 유쾌하지는 않았다.

첫 번째는 지나간 사람을 비판적으로 대하는 것이 싫었다. 두 번째로 비판을 받은 이는 나와 절친한 동기였고, 성격이 좋다고 평판을 받는 친구였기 때문이다.

동기였던 그와 내가 업무처리에서 어떤 차이점이 있는지 모르겠지만, 나는 신속, 정확, 간결한 처리, 즉시 보고, 깍듯한 태도 등 몇 가지 행동에 늘 주의를 기울이면서 당구, 술 등을 함께 즐기는 시간도 가끔 가졌다.

내가 더 유연하거나 능력이 뛰어나서 잘 지낸 것은 아니다. 다만, 사람에 따라 다른 측면이 있고, 그 동기에 비해 상대적으로 그에게 편안함을 주었을 것이다.

업무를 통해 만남을 이어가는 공직에서의 인간관계는 쉽지 않다. 좀 친해졌다 싶으면 누군가는 자리를 옮긴다.

내가 인사발령을 받거나 동료나 결재권자가 바뀌기도 한다. 이러한 상황 속에서 원만한 관계를 유지하기 위해서는 사고방식을 유연하게 가져야 한다.

누구나 수십 년 동안 유지해온 성격을 바꾸기는 여간 어렵다. 나도 어렵지만, 상대방이 그렇게 바뀌길 바라는 것은 더욱 어렵다. 그런데도 누군가 변해야 한다면, 나를 바꾸는 것이 편리하다.

더구나 상대방이 결재권자이고 상관이라면 더욱 그렇다. 상대의 변화를 기다리며 인내하기는 너무도 어려운 일이다.

그러므로 상대방의 기호나 성향에 비추어 나의 언행을 조금은 수정할 수 있다고 생각하자. 유연성의 실현은 이런 자세에서 시작된다.

직원과 잘 어우러져야 출세한다

교육청에서 하는 일들은 혼자 감당하기 벅찬 경우가 많다. 대부분 옆자리 직원의 도움을 받아야 한다. 그러므로 평소에 옆자리 직원과 충분한 소통과 공감을 나누어야 한다.

궁극적으로는 내 옆자리 동료가 나의 공무원 생활을 좌지우지할 수 있다. 그러므로 옆자리 직원에게 잘해야 출세할 수 있다.

공무원 세계는 현재 옆자리에서 근무하는 직원에게 잘해야 성공할 수 있다. 내가 자주 하는 말이다. 그들을 통해 내 평판이 만들어지고 전파되기 때문이다.

개개인의 성격에 대한 문제는 아무리 훌륭한 관리자라 해도 조정하기 어렵다. 수십 년간 지녀온 개개인의 기호, 성향, 사고방식을 자신의 의지가 아닌 타인의 충고로 바꿀 수 없고, 더욱이 직장 상사나 동료로서 업무와 무관한 성격에 대한 논의는 반발심만 키울 것이다.

교육행정직은 본청, 지역, 사업소, 학교 등에서 누군가와 상당 기간 근무하게 된다. 여기에서 주목해야 할 부분은 상당 기간이다. 물론 업무를 하기 위해서 만난 공무원들이다.

그러나 만남의 시간이 하루 8시간이고, 짧게는 1년 6개월, 길게는 2년에서 2년 6개월, 더 길게는 3년 이상 한 부서에서 함께 근무하다 보니 개인들의 성격에 기인한 문제들이 속출한다.

교육청에는 비서가 여럿 있다. 최근까지 비서업무를 했던 후배 이야기다. 그는 말솜씨가 뛰어나서 주변 사람을 편안하게 해주는 능력이 있다. 나이, 신분, 성별을 불문하고 그를 부담스럽게 여기는 사람을 본 일이 없다. 그러나 단순히 말을 잘하는 것으로는 바닥이 금세 드러난다. 결단코 성공의 길을 갈 수 없다. 말솜씨와 함께 다른 무엇인가가 있다.

그와는 고향이라는 공감대가 있다. 나는 태어나 고등학교에 입학하기 전까지 순창에서 살았던 사람이다. 그의 부친이 순창 태생이며, 그 덕분으로 순창에 집터와 논, 밭 등을 가지고 있다. 그래서 순창을 매개로 가끔 만나 이런저런 이야기를 나눈다.

그는 누구와 대화하던지 지나침이 없는 태도로 말을 천천히 또렷하게 한다. 공손함과 예의를 지키면서 상대방의 이야기를 끝까지 경청한다. 반응(reaction)도 확실하게 보여준다. 그래서 많은 이들에게 좋은 평가를 받았다.

불행한 사태로 중도 하차한 민선 제2기 수장(교육감)에 이어 새로 취임한 수장이 들어오기 전까지 1년간 비서 외 다른 업무를 수행했고, 그 기간에 같은 부서에서 근무했다.

이후 다시 비서로 복귀하여 4년을 보내고 첫 번째 주어진 시험에 합격하여 사무관에 임용되었다. 그의 빠른 사무관 승진에 무성한 말들이 있었다. 언론 보도까지 이어졌으나, 그의 승진에 열렬한 박수를 보냈다.

공무원으로서 상대방이 보수적인 인사든, 진보적인 인사든 많고 많은 업무 중 비서업무를 수행한다는 것은 어려운 일이다. 기본적으로 성격이 유하고 주변인들과 잘 어우러지는 사람이어야 가능한 일이다. 지켜본 바로는 교육감 비서들의 이런 점은 한결같다.

승진자를 선정하는 심사에서도 업무에 탁월한 사람보다는 성격이 좋거나, 사람이나 조직에 대한 관계 능력이 뛰어난 인재가 선발되는 경우가 많다. 과거 필기시험으로 승진자를 결정할 때는 개개인의 성격은 고려할 대상이 아니었다. 필기시험에서 고득점을 하면 승진이 가능했다.

그러나 현재는 인천을 비롯한 대부분의 교육청 단위의 승진 시험에서는 개인의 성격이 중요한 요소로 작용한다. 왜냐하면 다면평가를 통한 선후배와 동료들의 평가는 물론이고, 20분간의 면접에서 중요한 평가 요소 중 하나가 협력이기 때문이다.

개인의 능력은 뛰어나나 성격이 좋지 않다는 이유로 승진하지 못한다면, 이 또한 합리적인가? 의문을 제기할 수 있다. 그러나 현대 사회에서는 뛰어난 개인의 능력보다 많은 이들이 함께 발휘한 집단지성이 문제해결이나 성과 창출에 더 많은 역할을 할 수 있다는 점에 대해서는 이견이 없는 것 같다.

인사권자가 선발하고 싶은 관리자, 특정 분야의 능력보다는 조직을 유연하고 합리적으로 이끌어 갈 수 있는 인재를 선호하는 것은 당연하다. 능력 하나만 믿고 독불장군식으로 살아갈 경우, 여기저기서 반발하는 목소리와 불평불만이 관리자나 인사권자에게 예전과 달리 쉽게 전달된다. SNS, 메신저 등이 발달해 소문이나 사건 사고의 전달 속도가 빨라졌고, 인사권자는 빗발치는 여론을 감당하기 쉽지 않다.

본청에서 하는 행사는 직원 1인이 주관할 때도 있으나, 부서 내 다른 직원의 협조를 받는다. 더 나아가 담당 부서 전체 직원의 도움 또는 교육청 전 부서에서 직원을 차출하기도 한다. 어떤 행사는 업체의 도움과 지원을 수반하기도 한다.

직원이든, 부서든, 업체든 업무추진에 담당 직원의 대인관계 능력이 영향을 준다. 나의 경우, 협의에 기반한 업무처리를 잘하는 편이다. '협조는 구하되, 책임은 내 것이다'라고 하면서 도움을 요청한다.

업무추진 과정에서 옆자리 직원에게 귀를 열었고, 내 주장보다는 관계자 의견을 반영하려고 노력했다. 대규모 행사의 경우에는 반드시 일정표를 구체적으로 작성하고 협조 또는 지원 업무에 대해 미리 양해를 구한다.

이런 과정으로 문제를 해결한 경험이 많다. 일반고와 특성화고의 학생 배치, 교육부에서 시달된 특성화고 학생 비중 확대, 근로자 노동조합과의 단체협약 체결 등 괄목할 만한 성과를 창출한 것이 그 예다.

어려운 처신, 그 정답은?

성공하는 주무관이 되기 위해서는 처신을 잘해야 한다. 조직에서 나의 처신은 나를 평가하는 기준이 된다.

처신을 잘한다는 것은 자신을 잘 관리한다는 것과 통한다. 공무원은 언제 어디서나 청렴한 공직 생활을 이어가야 한다.

처신의 사전적 의미는 세상을 살아가는 데 가져야 할 몸가짐이나 행동이다. 공무원 조직도 일반적인 사회인처럼 처신이 중요하다. 겸손하고 공손한 태도, 바람직한 언행에 기반한 판단력, '그는 괜찮은 사람이다'라는 평판 등은 인사발령에 있어서 중요한 기준이 된다.

교육청의 직원 배치는 대체로 비슷하다. 누구를 어느 자리에 배치할 것인가는 주로 인사팀의 소관이다. 그러나 때로는 부서에서 의견을 제시하고 그에 적합한 인사를 직접 추천하기도 한다.

직원을 추천하든, 발령을 받아오든 누구누구 하면 '그 친구는 이러이러한 사람이다'라고 입을 모아 이야기한다. 그간의 경험에 기초해보면 대체로 맞는 말이다.

평소 생각 없이 한 처신이 그의 평판으로 굳어져 돌아다니기도 한다. 어떤 경우는 소문으로만 사람을 평가하기도 한다. 바람직하지는 않다.

학생 배치업무 차석으로 두 번의 인사발령을 받아 총 6년 가까이 근무했다. 그러다 보니 새로 배치할 자리에 대한 추천요청을 과장님으로부터 받기도 했다. '이번에 우리 부서에 배치할 직원을 추천해 보세요' 이런 날이면 팀장님과 차석들이 한자리에 모인다. 팀별로 추천자 명단을 만들고 여기저기 정보력을 총동원해서 간단한 프로필을 준비한다.

협의를 진행하면 신기할 정도로 작은 일부터 큰 사건에 이르기까지 미처 파악하지 못한 직원의 신상과 일상을 공유하게 된다. '누구는 누구와 막말하면서 싸웠다, 누구는 누구랑 근무할 때 예의 없이 굴어서 몇 달 만에 발령이 났다, 누구는 건강이 좋지 않아 걱정이다' 그러면서 직원의 신상, 성격, 태도 등에 이르기까지 검증한다.

공무원 사회의 특성 중 하나는 인사발령에 의거 주기적으로 자리를 옮긴다는 것이다. 짧은 시간 동안 다양한 사람들을 만나게 되고, 이런 검증 과정을 통해서 시시콜콜한 내용까지도 전 직원이 알게 된다.

부서 내에서 추천된 직원을 부서장을 통해 인사팀에 알리게 된다. 거의 어김없이 인사발령자 명단에 반영된다. 물론 이러한 추천 시스템은 장단점을 가지고 있고, 시기나 상황에 따라 기관별로 다를 수 있다. 인사 추천 과정에서 조직 내에서 사람이나 업무를 대하는 나의 처신이 얼마나 중요한지에 대해 늘 고민하게 된 계기가 되었다.

성공하는 주무관이 되기 위해서는 처신을 잘해야 한다. 공무원 조직 내 나의 처신은 나를 평가하는 기준이 된다. 나는 천상 공무원이다. 직업에 대한 선택을 바꾸지 않는 한 정년까지 이어갈 공무원이다. 내가 경험한 공무원 대다수는 어정쩡한 태도를 싫어하는 경향이 있다.

20대 초반 부사관으로 근무하던 시절, 관등 성명을 대며 용건을 소리 질러가며 말했던 기억이 있다. 분명하고 정확한 처신의 전형이었다. 그러나 고래고래 소리를 지르면 장황하게 말을 이어갈 수 없다.

군 생활을 정리한 스물다섯 살이 시작되던 초봄의 어느 날 서울의 노량진 학원가에서 입시 공부를 시작했다. 그러다 보니 공무원 생활도 서른이 되어서야 시작할 수 있었다. 대학을 포함하면 공백기 없이 운 좋게 바로 안정적인 직장을 찾은 것이다.

그러나 공무원 생활의 시작은 또 다른 고통의 출발이었다. 학교에만 있을 줄 알았던 선후배 관계가 이 조직에도 있었기 때문이다. 나이는 많고, 경력은 짧고. 이 불균형은 공직 생활 내내 나를 불편하게 했다.

그러나 조직 내에서 이탈, 또는 무리한 처신으로 비난받은 일은 없었다. 2년에 한 번 발령 받으니 업무 내용과 직책이 2년마다 달라지며, 대체로 9급부터 7급까지는 실무자로 일했다.

주로 교육청 단위에서 근무했기에 6급 때도 거의 실무자였다. 그러다 보니 나이 많은 주무관으로서 상급자에 대한 처신이 중요했다.

흔히 아는 이야기지만, 공무원은 직급과 직책으로 일한다. 나이는 거의 영향을 주지 않는다. 그러나 나이를 무시하지도 않는다. 사람으로 구성된 조직이고, 한국 공무원 사회의 특성상 다소 보수적이며 예의를 중시하는 측면이 강하기 때문이다.

처신의 의미는 자기 관리를 잘해야 한다는 의미와도 맥락이 닿는다. 자기 관리를 잘한 경우라면 언론이나 다른 이의 입방에 오르내리지 않는다.

그러나 그 반대일 경우에는 공무원이라는 이유로 사회적 비판의 대상이 되거나 소문이 무성하게 된다. 자기 관리의 범주는 업무 상황, 개인 신상, 공식적인 언행 등을 포함한다.

2013년 일이다. 학교설립과에서 학생 배치업무를 수행 중이었다. 잘 아는 지인의 이야기다. 언론에 공개된 바에 의하면, 자신의 부적절한 처신에 대한 의혹을 담은 투서를 시의원이 공개한 것에 대하여 의원실을 찾아가서 막말과 함께 강력한 항의를 했다는 것이다.

시의원과 공무원 중 누가 잘했는가를 말하고자 하는 건 아니다. 공무원의 처신이라는 측면에서 시사점을 준다. 내가 이 상황의 당사자라면 나는 어떻게 행동할 것인가?

공무원이든 일반인이든 자신을 공격하는 상대방에게 분명한 의사 표현은 필요하다. 더구나 근거 없이 무고 목적의 투서와 관련된 일이라면 분노하지 않을 사람이 어디 있겠는가?

그러면서도 한편으로는 사전에 엄격한 자기 관리를 했다면 이런 상황에 직면하지 않을 수 있을 거라는 아쉬움도 있다.

학교나 교육청, 직속 기관 어디에서 근무하든지 교육행정직은 회계업무를 수행한다. 교육사업은 재정을 수반하고, 수반된 재정은 업체 또는 업자와 관련을 맺는다.

업체 사장님의 입장에서는 공무원들과 친분을 유지하고 싶어 한다. 목적은 하나다. 그들은 친밀감을 이익 창출의 수단으로 여기므로 당연한 일이다.

이런 상황과 목적을 훤히 알고 있음에도 어쩔 수 없는 만남을 갖거나 유지하는 경우가 있다. 지역사회의 특성상 나고 자란 고향 친구나 지인이 업체의 사장님일 수 있고, 또한 그 지인은 동문이거나 친지일 수도 있다.

그러나 나의 신분이 공무원이라면 청렴한 업무 수행을 위해 일정한 거리를 유지하고, 오해를 불러일으킬 상황을 처음부터 만들지 않는 지혜를 발휘해야 한다.

실수를 줄이려면?

열심히 매진하지만 뜻하지 않은 실수나 상황에 직면할 때도 있다. 최근 교육청 행사에서 과잉 의전을 했고, 성인지 수준이 문제라는 지적이 있었다.

업무 과정에서 실수하지 말아야 한다. 실수가 잦아지면 소문이 나고, 결국 인사발령이 날 수 있다.

공무원은 행사 추진, 상황 보고, 기획 등 각종 상황에서 적절한 업무추진이 필요하다. 즉 적절한 업무처리는 넘쳐도 모자라도 안 된다. 그러나 때로는 행사 추진 중 과잉 의전, 사전 보고 누락으로 비난을 초래하는 일도 있다.

최근 인천의 교육청 행사와 관련하여 언론에 노출된 일화가 있다. 7월 31℃의 땡볕 속에서 주차 관리에 직원들을 동원하고, 주차면 일부를 행사 참석 내빈용으로 통제하고, 현관 등 행사장 안내에 여성 직원만을 선발 배치하여 지나친 의전과 성인지 수준이 빈약하다는 지적이다.

교육청에서 각종 행사, 회의 등을 기획하고 추진하는 일들은 인력 투입과 주차 공간 확보 등의 업무들이 불가피하게 따른다. 더구나 4년 만에 한 번 하는 취임식이나 1년에 한 번 하는 국정감사 등은 사회적 관심이 집중되는 행사로 매우 신중하게 기획해야 할 업무다.

어려운 행사를 이행하면서 고생은 고생대로 하고, 비난이나 지적을 받게 되면 업무담당자를 비롯한 관계 직원들은 자괴감에 빠지게 된다. 이후의 업무추진에 필요한 사기도 저하된다.

얼마 전에는 인천 서구에 신설된 중학교 개교식에 교육위원장을 초대하지 않았다고 막말과 함께 노발대

발하는 보도가 있었다. 집행기관을 견제하는 의원으로서 '정당한 권한 행사'라고 강변하는 모습이 짠해 보였다.

그런데 왜 교육청 공무원이 비난받아야 했는가?

다음날 행사에 참석한 시의원 사진이 인터넷에서 검색되는데 영문을 모르겠다. 개교식을 연기하여 시의원이 참여한 것인지, 행사 전에 공식적으로 초청하지 않았다고 그렇게 화를 낸 것인지.

통상 학교의 개교식은 학교장이 주관한다. 물론 교육청의 관련 부서장 등 관계자들도 참석한다. 초청장 명단도 학교에서 주도적으로 파악 작성하며, 실제 당일의 행사 진행도 학교 몫이다. 내빈으로 참여하는 교육감이나 시의원 등은 축사 또는 격려사를 한다.

이런 내용을 모르고 한 것인지, 알고도 일부러 그런 행태를 보여주었는지 모르겠다. 다만, 고성을 지르고 막말하는 시의회의 권위적인 구태를 그대로 보였다. 뉴스를 접한 시민으로서 매우 실망스러웠다.

쓸데없는 걱정이지만, 이런 분위기에서는 창의적인 교육 정책을 입안하거나 시행할 수 없을 것이란 생각이 앞선다.

시의원의 행태도 문제지만, 개교식과 관련한 업무담당자의 실수를 지적하지 않을 수 없다. 초청 대상자의 범위 등을 판단하면서 충분한 협의와 의견수렴이 부족한 결과라고 보이기 때문이다.

이러한 업무 실수가 있는 직원은 신뢰도가 추락한다. 같이 근무하기 부담스럽고 또 다른 업무에서도 비슷한 실수를 할지 모른다는 걱정도 하게 된다. 시의원들은 사안이 발생하면 과장, 국장 등 간부를 호출한다.

대체로 집행부 공무원들은 시의원에게 약자의 입장이다. 교육청의 예산편성, 조례 제정, 시정질의 등에서 시의원의 추상같은 질의가 이어지고, 공무원은 답변해야 하기 때문이다.

나는 그간의 업무처리에서 실수가 적었다. 어떤 직원의 실수 또는 착오가 의회의 질의응답으로 이어지고 그 과정에서 문제가 되는 일도 있었는데, 나는 그런 사례를 한 번도 마주하지 않았다.

업무 수행과 관련하여 실수한 직원을 대하는 상급자의 태도도 여러 유형이다. 지혜롭고 사려 깊은 관리자라면 직원 스스로 언행을 수정할 기회를 부여한다. 그러나 다수의 상급자는 하급자를 질책하면서 자신의 권위를 세우려고 한다.

물론 두 관리자 간의 관점이 다름을 인정한다. 어느 관리자가 더 바람직한 관리자인지 논하고 싶지 않다. 다만, 나는 전자의 관리자가 되고 싶다.

실수가 잦으면 소문이 난다. 직원들에 대한 소문이

퍼지는 속도는 본인이 체감하기 전에 이미 소속 기관까지 모두 퍼진다고 봐야 한다. 단톡이나 SNS는 물론이고 업무용 메신저가 사용되기 때문이다.

당연한 일이겠지만, 업무상 실수와 소문은 그 사람에 대한 인식과 평가로 이어진다. 그러다 보니 결국에는 인사발령으로 이어질 수 있다. 인사철에 소문들이 난무하는 이유 중 하나이다.

실수를 줄이려면 어떻게 해야 할까? 나는 공문서 작성의 경우, 결재를 올리기 전에 미리 출력해서 검토한다. 팀장님이나 과장님의 의견을 반영해야 한다면, 결재 상신에 앞서 사전 보고한다. 내가 직접 읽어가면서 말씀드리고 의견을 듣는다. 이 과정에서 업무처리 방향, 문맥이나 오타 등을 바로 잡아 마무리한다.

교장 회의, 관리자 연수 등 대규모의 대상자들과 함께하는 행사 추진이라면, 초안을 가지고 팀 내 전체 직원들과 1단계 협의, 1차 협의 결과를 반영하여 2차로 팀장님과 과장님 협의 등을 이어간다.

이렇게 진행하다 보면 앞에서 언급된 과잉 의전이나 성 인지 감수성 등도 걸러지기 마련이다. 또 개교식 초청 명단도 요모조모 따져가면서 실수가 거의 없어질 만큼 검토가 이루어진다.

끝으로 실수를 줄이기 위해서는 업무 과정에서 집중력을 발휘해야 한다. 동료의 지혜를 빌리고 수차의 협

의로 가장 합리적인 방안이 도출되어도 최종 결과물은
담당자의 몫이기 때문이다.

보고도 문서도 신속, 간단, 정확해야!

교육청 단위에서는 탁월한 업무처리 능력이 반드시 요구된다. 탁월한 업무처리란 신속하면서도 간단명료, 정확성과 적정성 있는 업무처리 능력이다.

거기다가 빠른 보고서 작성과 실행력도 요구된다. 이를 위해서 다양한 정보력이 필요하다.

인천의 동부교육지원청에서 9급 시보로 출발, 체육 업무, 시설행정, 학생 수용계획 등을 거쳐 본청 재무과로 2004년 7급 때 전입했다. 이어진 본청 생활은 모두 13년, 총 25년 경력에서 학교 3년, 사업소 2년이 전부다.

교육행정 공무원이 이렇게 본청 생활을 지속하는 것은 흔하지 않다. 직원들의 대부분은 학교 행정실 근무가 주요 경력이다. 이렇게까지 본청이나 교육지원청에서 오랜 기간을 근무할 수 있었던 것도 행운이다.

이처럼 교육청 단위에서 오랜 기간 근무할 수 있었던 이유는 무엇일까?

무엇보다 탁월한 업무처리 능력이다. 공무원 조직은 문서와 보고로 업무가 처리되고 보관된다. 이후 언젠가는 누군가의 감사를 통해 들여다본다.

감사에서 업무처리가 잘 되었다고 상을 주기도 하지만 그런 경우는 극히 드물다. 주로 잘못한 업무처리에 대한 징계가 따른다.

즉 공무원의 업무는 과거, 현재, 미래 모두가 중요하다. 그러다 보니 왜 그 업무를 하는지, 업무를 처리하는 근거, 추진 경과와 배경, 현재 상황에 대한 분석, 문제와 그 원인의 고찰, 대안 및 세부 추진과제 설정, 세부 추진계획과 성과, 행정 사항 등 여러 부분에서 탁월한 업무처리 능력이 요구된다.

탁월한 업무처리는 몇 가지 조건이 따른다. 신속, 간단명료, 정확성과 적정성이 있는 수행이다.

교육청 각 부서에서는 상황 보고서·검토서·기획서 작성, 행사 또는 회의 개최 등 추진해야 할 업무가 차고 넘친다.

사시사철 수많은 행정과 행사들이 대부분은 반복하여 시행되지만, 어떤 업무는 새로 만들어지고 또 어떤 행사는 사라지기도 한다.

담당자는 보통 한두 가지 업무, 많은 경우에는 서너 가지의 업무를 매일 처리한다. 때로는 중장기 프로젝트를 여러 직원과 함께 기획하여 추진하기도 한다.

그러나 팀장, 과장, 국장 등은 여러 직원의 업무를 보고받고 결재하는 등 처리업무가 대폭 늘어난다. 그러다 보니 특정 업무를 구체적으로 알기가 어렵다. 보고가 필요한 이유다.

직원이든 중간관리자든 매일매일 반복되는 일상에서 신속, 간단명료, 적정성을 유지하기 위해서는 근면 성실한 태도, 꼼꼼한 메모, 정갈하면서도 빠르게 작성하는 보고서와 요약서가 있어야 한다.

신속한 보고서 작성이 공무원 초년에는 말처럼 쉽지 않다. 그러나 연구, 모방, 협의 과정을 거듭하다 보면 자연스럽게 터득하기 마련이다.

본청 단위에서는 업무에 대한 어느 정도의 신속성은

언제나 요구된다. 그 신속성 요구를 충족하기 위해 담당자는 동분서주하며, 많은 고민과 심적 고충이 수반된다.

간단명료한 보고서 작성도 조금만 노력하면 요령을 터득할 수 있다. 모든 글은 흐름이 있고 구조화된 틀을 가져야 한다. 특히나 공무원 사회의 보고서는 정형화된 틀이 있다. 보통은 3단 구성이고 육하원칙을 적용한다.

서론, 본론, 결론의 형식에서 크게 벗어나지 않는다. 서론은 추진 배경, 근거, 경과 등으로 표현한다. 본론에서는 문제 파악, 원인 분석, 대안 마련, 대안을 시행하기 위한 세부 추진계획 등이 담기며, 여기에는 추진일정, 예산 확보 및 집행방안 등이 담긴다. 결론 부분은 홍보방안, 장애요인과 극복방안, 기대효과, 행정 사항 등을 정리한다.

기본적인 구조화 작업이 완성되면 세부적인 내용을 기술한다. 이때 중요한 것은 간단명료한 문장 유지 노력이다. 쉬운 단어 쓰기, 불분명한 단어 지양, 동어 반복 금지 등은 유의해야 한다.

적시성을 강조하지만 이를 지키는 것은 쉬운 일이 아니다. 보고든 결재든 적정 시기에 사업을 추진해야 효과가 있다. 업무처리를 하려는 내 의지도 필요하지만, 주변 상황도 중요하다.

과장님이나 국장님에게 보고하려는데 결재권자가 자리를 비우거나 너무 바빠서 틈을 내기 어려운 경우가 왕왕 있다. 이러한 제반 상황을 고려하여 필요한 조치를 해야 한다.

나의 경우 노무 업무추진 시 노동조합 측의 급작스러운 기자회견 또는 집회상황 등에 대해 카카오톡 단체 채팅을 통해 수행한 바 있다. 현장 상황을 즉시 공유함으로써 관리자들이 적절하게 대응할 수 있어 실질적인 도움이 되었다고 한다.

누군가와 말하기도 그렇지만 좋은 글을 작성하려면 정보력이 요구된다. 정보력은 자신이 직접 경험하거나 독서 또는 인터넷 검색 등을 통해 획득한 정보에서 나온다. 과제가 부여되면 가장 먼저 다양한 정보를 획득하도록 노력해야 한다.

정보력에 더해 주변 지인, 즉 부서나 팀원들의 의견을 수렴하는 것도 좋은 방법이다. 누구나 사건 사고를 바라보는 관점이 다를 수 있다. 내 생각대로 문서를 작성하는 것도 중요하나 다양한 관점을 집약할수록 좋은 보고서가 탄생한다.

팀장님이나 과장님에게 업무처리 과정을 보고하는 것도 중요하다. 보고는 되도록 자주 한다. 구두보고가 어려운 경우, 핸드폰이나 메신저를 통해서 빠르게 보고하는 것도 능력이다.

탁월하다는 것은 상대적인 개념이다. 남들보다 뛰어나다는 것이며, 우수한 성과의 도출로 연결된다. 우수한 성과 도출을 위해서는 신속, 간결, 정확하면서도 적시성이 있는 업무처리 능력을 발휘해야 한다.

제2부 걸어요

♈ 3진 아웃, 그 수렁에 빠진 나

♈ 나의 주문, 고맙습니다. 감사합니다

♈ 한계와 도전, 세 번의 마라톤 완주

♈ 줄기찬 공부, 왜?

♈ 위험천만한 술자리, 초연하라

♈ 성인병은 내 인생의 동반자

3진 아웃, 그 수렁에 빠진 나

세 번의 승진 기회를 놓친 3진 아웃은 동료로부터 고립시켰고 궁지로 내몰았다. 이미 지난 일이지만, 그 아픔과 상처는 거대했다.

감당할 수 없을 만큼의 고독한 시간, 그 속으로 어떻게 빠져들었는지 돌이켜 보면서, 독자들은 나처럼 수렁에 빠지지 않기를 바란다.

3진 아웃은 승진 시험 대상자에게 기회를 세 번 부여하고, 실패하게 되면 승진 대상에서 배제하는 제도이다. 이 제도는 필기시험 시절에 도입되었다. 개인적으로도 안면이 있었던 선배 중 한 분은 거의 20여 년을 승진 시험에 매달렸다.

퇴직을 1년 앞두고도 미련을 버리지 못하고 또 시험을 쳤으나 실패했다. 본인의 인생이 망가졌노라 한탄했다. 시험은 거대한 파도 같은 스트레스의 원인이고 주변 가족과 지인들에게도 심적 부담을 안겨준다.

이런 부작용에 인천교육청 공무원들은 명시적, 암묵적 합의를 했다. 그래서 3진 아웃 제도를 시행 예고할 때 다들 큰 불만이 없었다. 당사자가 되기 전까지는 말이다. 예기치 않은 사태는 너무 쉽게도 내 운명을 흔들었다.

내가 치른 첫 번째 승진 시험은 필기였다. 행정법과 헌법 두 과목은 60점 절대평가였고, 교육학에서 상대평가로 당락을 결정하는 시험이었다. 본청의 어려운 부서에서 계속하여 근무했기 때문에 다른 동기들보다 빠르게 승진 시험 기회가 주어졌다.

교육학 강의를 2010년경부터 원격으로 들었으니 준비 기간은 충분했다. 군 전역 후 입학한 대학 시절 법학을 전공하면서 어릴 적 꿈이었던 교사에 대한 미련을 버리지 못하고 교직과목을 이수했다. 졸업 후 일반

사회 정교사 자격증을 받았다. 교육학에 대해 이미 전반적인 공부를 한 것이다.

2000년을 전후하여 한국방송통신대학교에서 교육과에 3학년으로 편입학하고 2년간의 주경야독 끝에 졸업했고 두 번째 학사를 교육학으로 받았다. 그러나 오랜 준비에도 불구하고 2차 과목인 교육학에서 예상외로 낮은 점수를 받아 승진에 실패했다.

시골에서 자란 학생 시절, 늘 상위권을 유지한 성적에 대한 자신감은 성인이 되어서도 계속되었고, 이는 필기시험에 낙방하게 된 결정적 이유다. 상대평가인 교육학을 혼자 공부해도 충분할 것이라고 믿었던 것이 멀지 않아 오만했다는 것으로 증명되었다.

공부 잘하기와 독서량 등에 대한 특기는 나만 가진 게 아니었다. 공무원 시험을 통해 직장 동료가 된 분들은 모두 그런 분들이었다. 동료들은 모두 노량진 학원가로 갔고, 필기시험 공부에 그야말로 생사를 걸었다. 나는 우물 안 개구리였다.

첫 번째 시험을 본청에서 치른 이듬해 교육연수원 팀장으로 발령이 났다. 연수원에 출근하면서 남는 시간에는 교육학 공부에 전념했다. 그러나 인생은 뜻대로 되지 않았다.

교육행정직 공무원은 연간 2회의 서열명부를 작성한다. 상반기와 하반기 근무평정에 의해 명부를 작성하여 2월과 8월에 공개하면서 시험대상자가 가려진다.

보통은 전년도에 시험을 보았다면 이듬해 대상자로 이어진다. 그러나 8월 명부에서 나의 서열은 뒤로 조정되었다. 시험 대상에서 아예 제외된 것이다.

인사담당자가 전화로 설명했다. '2년의 점수를 합해서 명부를 정하는데 기존 좋은 점수가 나가서 그렇다. 금방 좋아질 겁니다'라며 위로를 건넸다. 그러나 영혼이 깃들지 않은 말투에 마음이 쓰렸다.

"내가 무엇을 그리 잘못해서, 1차 시험에 합격했고 2차 시험을 기다리는 사람을 뒤로 뺄 수 있느냐"라고 담당자에게 항의했지만 공염불이다.

당시 함께 근무한 직속 상급자는 인정이라고는 전혀 없는 분이었다. 본인도 6급 수험 과정을 거쳐 5급이 되었고, 4급까지 승진했으면서도 사무실에서는 공부하지 말라고 엄명했다. 다른 부서장과 너무도 달랐다.

또 후배 팀장의 승진서열이 뒤로 가건 말건 관심이 없었다. 개인적 친분도 없고, 배려를 기대할 수도 없었다. 결과적으로 의도치 않게 평가대상에서 제외되었고, 공부도 필요 없게 없었다.

사무관 승진에 역량평가를 도입한다고 예고된 상태에서 승진을 위한 필기시험은 그렇게 스쳐 가고 말았다.

나이가 50에 가깝다 보니 승진 시험을 하루라도 빠

르게 마무리하고 싶었다. 또 본청이 아닌 사업소(연수원)에 근무하자마자 승진서열이 뒤로 밀렸다. 그래서 이듬해 본청 전입 공모에 응모했다. 다행히 공모에 선정되어 본청에서 다시 근무하게 되었다.

두 번째 시험 준비에 돌입했다. 근평과 다면평가 20점, 기획력 평가 40점, 집단토론 40점 등 100점 만점의 역량평가를 위해 입사 동기 여러 명과 스터디그룹을 결성하고 토론을 이어갔다.

거의 1년에 걸쳐 보고서 작성, 집단토론 등으로 맹연습했다. 그러나 결과는 허망했다. 기획력은 주어진 문제 상황과 원인을 분석하고 대안 마련과 홍보를 통하여 실행하는 보고서를 작성하는 것이었다. 학생 배치업무 등의 경험을 바탕으로 주어진 시간에 잘 마쳤다.

그러나 집단토론에서 여유롭고 날카로운 토론을 이어가는 여성 동료들에게 밀리면서, 아쉬운 상황으로 마치고 말았다. 이렇게 두 번째의 승진 기회가 날아가버렸다.

세 번째 시험은 적극적으로 임했다. 학생 배치업무를 담당하면서 연말에 이루어질 검토나 계획수립을 앞당겨서 실행했다. 그럼으로써 승진 시험 준비에 필요한 시간을 만들어 냈다.

주말이면 서울 강남의 스피치(speech) 학원에 나갔다. 말하는 연습에 온 힘을 쏟았다. 학원강사에게 10개월간의 계획서를 주고 나에게 맞춤형 강의를 해달라고 부탁했고, 실제로 그렇게 진행했다.

정확한 발음을 위한 자음과 모음 소리내기, 호흡과 관련된 발성법, 신문 사설을 읽으면서 녹음하고 다시 듣기, 스토리텔링 연습, 신문 사설에 대한 논점 발굴과 대응안 발제, 두괄식 답변, 주요 논점 파악, 문제점과 대응안 각 3개 단위로 말하기, 기대효과로 마무리하기 등 장기간에 걸친 특별한 과외를 이어갔다.

아울러 두 개의 동료 스터디그룹 활동에 참여했다. 학원에서 배운 자료를 공유했고, 처음 계획부터 마치는 날까지 거의 주도하다시피 이끌었다.

건강 관리도 중요하다고 판단하여 주말이면 한의원에서 침을 맞기도 했다. 한의사 선생님에게 수년간 승진 시험을 준비해 왔고, 두 번의 실패가 있었으며, 한 번 남은 시험 상황에서 긴장하지 않고 집중력을 발휘할 수 있도록 치료해달라는 부탁했다. 한의원을 통해 나의 고충을 위로받고 싶었다.

장장 10개월에 걸쳐 학원, 스터디그룹, 한의원 등을 전전하면서 정말 최선을 다했다. 그러나 관운은 나를 비켜 갔다. 결론적으로 승진 시험 각 단계에서 열심히 준비한 실력을 제대로 발휘하지 못했다.

기획서에서는 설문조사 결과를 바탕으로 문제점과

대안을 제시했어야 했다. 학생, 학부모, 교직원 입장 등 각 관점에 따른 분석으로 문제점과 대응안을 제시하는 보고서를 제출했으나 좋은 점수를 받을 수 없었다.

스와트(SWOT) 분석을 바탕으로 답안을 작성했다면 어떻게 되었을까? 학생 배치 검토서 등에서 수시로 활용했던 분야였다. 그러한 아쉬움만 남긴 채 시간이 지나버렸다.

그래도 다음 주에 이어질 집단토론에서 우수한 점수를 받으면 충분히 합격할 수 있다고 믿었다. 집단토론 준비에 몰입했다.

집단토론 당일 새벽부터 부산하게 움직여서인지 피로가 몰려왔다. 면접장에 들어서면서 집중하지 못하는 나를 발견했다. 0.001초의 집중력도 놓쳐서는 안 되는데, 먼 산을 바라보는 나를 평가관이 보고 있음을 알아채고 정신을 바짝 차렸다.

그러나 토론 과정에 적극적으로 참여하지 못했다. 답변으로 제시한 대책도 함께 참여한 직원들의 관심을 받지 못했다. 결국 집단토론에서 두각을 나타내지 못한 결과로 이어졌다.

시험 결과를 발표하는 아침, 출근길 승용차에서 내리다가 주머니 속의 내 수험표가 바람에 날아가는 모습을 보았다. '이런! 불길한 징조다'라는 생각이 들었는데, 결과는 역시나 낙방이었다. 이렇게 기나긴 3진 아웃의 늪으로 빠지고 말았다.

나의 주문, 감사합니다. 고맙습니다

불시 기자회견 등 사전 예고도 없이 갑자기 벌어지는 노조 활동에 대한 긴급 보고, 단체교섭 준비에서 교섭을 마친 결과 보고까지 스트레스에 상시 노출되었다. 그래서 스트레스 해소에 발버둥을 쳐야 했다.

다행스럽게 내 곁에는 술잔을 기울여준 교육청 공인노무사가 있었고, 주말의 백두대간 산행이 있었다. 그 가운데서 극도의 스트레스에 견디어 준 나에게 '고맙습니다. 감사합니다'를 외치는 습관이 생겼다.

사람은 누구나 스트레스 즉, 압박감을 가지고 살아간다. 그 느낌의 강도가 다를 뿐이다. 보수적이고 관료적이면서 계급이 존재하는 공무원 세계에서 25년을 보낸 나는 스트레스에 자주 시달려 왔다.

스트레스에 시달린다는 표현은 바람직하지 않은 것 같다. 어쩌면 스트레스는 자연스러운 현상이다. 나와 다른 시각을 가진 이들과 대화하고, 협조를 구하고, 행정적인 업무처리를 하다 보면 부딪치기 마련이기 때문이다.

우리는 서로의 존재에 대해 다른 존재임을 인정하고 받아들여야 한다. 노무 업무를 수행하면서 자연스럽게 배우게 되었다.

'나와 생각이 다른 사람들이 틀리거나 잘못된 것이 아니고, 사람 간에 차이란 없다. 다만 사물이나 사건을 바라보는 관점이 나와 다르며, 사람들이 처한 상황이 다를 뿐이다'

노무 업무도 어느 정도의 시간이 지나면서 조합 간부들의 막말에 익숙하게 되었으나, 오랜 기간 이물감을 느끼게 했다. 그래서 나름대로 방법을 찾게 되었다. 관점을 나로 돌려 보았다.

'저들의 요구는 당연하다. 교육 현장에 근무하면서 나도 교원과 차별을 느낀다. 일반직인 나와 비교해도 근로 여건이 열악한 근로자들이 작업장 안전 확보를

위한 환경 개선, 임금이나 복지 등 처우 향상을 요구하는 것은 너무도 당연하다.'

교육청 중앙현관에서 개최된 불시의 기자회견, 정문 밖에서 대규모 집회 등으로 당황할 때도 있었다. 사측 간사로서 노동조합 측에 사전 연락을 달라고 부탁을 자주 했지만, 아무런 정보 없이 당하는 날도 있었다. 그런 날이면 집회상황 보고서를 짧은 시간에 작성하여 업무용 메신저를 통해 전파한다.

보고서 내용은 3단으로 구성하되, 육하원칙으로 간단하게 작성한다. 3단은 개요, 상황, 향후 계획이다. 개요에서는 '누가 언제 어디서'가 주요 내용이다. 상황은 집회 규모, 주요 요구사항, 교육청 입장 등을 정리한다. 향후 계획은 교육청의 대응 방법이나 조치 계획을 간단하게 밝힌다.

긴급한 경우의 보고서는 30분 이내에 작성을 완료하며, 1페이지에 모든 내용을 담아낸다. 팀장님과 과장님의 검토를 거쳐 국장, 부교육감, 교육감까지 일사천리로 보고한다. 보고를 마치면서 청사 관리를 담당하는 총무과, 언론 보도를 담당하는 소통 협력담당관, 요구사안의 소관 부서 등에 메신저를 통해 보고서를 전달한다.

보고와 전달이 끝나면 현장으로 달려간다. 집회 현

장에는 지방신문이나 방송국 기자, 경찰서 정보관, 노동조합 관계자 등이 나온다. 진보 교육감이 들어선 이후에는 집회 현장에서 노측과 충돌하는 일은 거의 없다. 오히려 집회 시위 중 불편한 사항이 없는지 묻기까지 한다.

날이 추운 겨울에는 청사의 실내에 잠시 쉴 수 있는 공간을 마련해 주기도 한다. 천막 농성의 경우 아침, 저녁으로 천막에 들러서 안부를 묻거나 현장 파악을 한다. 처음에는 형식적인 인사치레 정도였으나, 시간이 흐르면서 진심을 담아 상황을 관리하게 되었다.

노무의 중심은 단체교섭이다. 내가 수행한 단체교섭은 2017년부터 2년간 무려 75차례, 교섭 시간만 145시간이다. 1시간의 단체교섭을 위해서는 많은 일이 수반된다.

교육청에는 사업부서가 여럿 있어서 노사 간의 일정 조정이 먼저 필요하다. 구두로 일정이 정해지면 노사 양측에 공식적으로 통보한다. 더불어 교섭위원이 학교 등에 근무할 경우, 일정을 공문으로 알린다.

아울러, 노측의 교섭 사항에 대해 교육청 담당 부서의 검토를 요구한다. 공문 생산도 곁들인다. 검토 내용에 대한 책임 문제가 남기 때문이다. 사업부서의 검토 내용을 바탕으로 공인노무사와 함께 사전 협의를 통하여 교육청 입장을 재검토한다.

검토가 완료되면, 교섭 시행 전에 노측에 교육청의 검토 결과를 보낸다. 이어서 교섭 장소를 준비한다. 교섭장에 필요한 물품이나 자료를 직접 들고 날라야 한다. 물론 부서 직원들의 도움도 있지만, 처음부터 마지막까지 모든 준비를 책임지고 맡아야 한다.

교섭이 시작되면 사측의 간사 역할을 한다. 개회와 함께 회의를 원만하게 진행하려고 노력한다. 노사 간 격론이 벌어져 분위기가 달아오르거나 고성과 막말이 오가면 협의를 일시 중지하고 재개하기를 반복한다.

단체교섭은 1시간 이내로 예정하고 정해진 시간을 준수하려 하나, 정시에 마치는 경우는 드물다.

교섭을 마치고 나면 즉시 결과를 보고한다. 중요 사안이 있다면 구두보고를 먼저 한다. 대부분은 서면으로 보고서를 준비하여 30분 이내에 보고하고, 결재를 요청한다.

단체교섭 결과보고서는 간단하고 명료하다. 누가 교섭에 참여했는지와 교섭 내용이 주를 이룬다. 교섭 내용은 사안별로 노측 주장에 대해 사측이 어떻게 대응했는지를 정리한다.

교섭 결과에 따라 교육청에서 추가 검토할 사안이 있거나 논란이 예상되는 문제에 대해서는 사업부서에 재검토 또는 향후 대응 방안을 요구한다.

이렇게 단체교섭을 진행하고 나면 한 주가 후다닥 지난다. 교섭을 마치면 다음번의 교섭 준비가 어김없이 기다린다.

내가 처리한 단체교섭은 8개 부서 13 직종이었다. 거기에 교섭 요구를 면담으로 돌려 처리한 후, 부속합의로 마무리한 영어 회화 전문 강사, 초등 스포츠강사 등의 협의가 별도로 진행되었으니 업무 부담감은 실로 막대하였다.

총 15개 직종이 교육청 내외에서 매일 집회와 시위를 하거나 단체교섭, 면담을 2년간 지속했다. 단 하루도 그냥 보내는 날이 없었다.

스트레스 강도가 심해 감당하기 어려울 때가 많았다. 그러나 다행히 사람을 잘 만난 행운이 있었다. 우여곡절 끝에 2017년 10월부터 함께 근무하게 된 공인노무사다.

그는 성격이 강직하면서도 직원이나 근로자에게 부드러웠고, 임기제로 채용되었지만, 공직에 대한 자긍심이 있었고, 책임감도 강했다.

함께한 첫날부터 많은 대화를 했다. 어떤 날은 치열하게 토론하다 보니 멀리 앉아 계시던 과장님이 싸우지 말라며 호통을 치기도 했다. 우리는 무안한 얼굴로 웃었다.

법적인 내용을 확인하거나 의견을 나눠야 하는 사안

들이 많았고, 그와 관점의 차이도 있어서 한동안 협의를 계속했다. 그러나 다투거나 감정이 남는 일은 전혀 없었다.

단체교섭을 마치는 날이면 우리 둘은 매번 술집으로 향했다. 소주잔을 나누면서 서로 위로하기도 하고, 그 날의 사안에 대해 복기하면서 자성하기도 하며, 교섭 자리에서 노측에 대해 들어내지 못했던 속내를 표출하기도 했다.

지금도 교육청에서 근무하는 공인노무사에게 내가 노무 업무를 떠난 이후에도 그때를 추억하면서 '당신이 있어서 다행스럽고 감사한 일이었다'라고 고백하곤 했다.

2017년 12월 말 송년회에서 그에게 말했다. '2017년 나에게 최고로 행복한 일은 공인노무사 당신을 만난 일이다'라고. 그는 호탕하게 웃으며 좋아했다.

스트레스 해소를 위한 또 다른 한 축은 주말마다 가는 산행이었다. 노무 업무를 맡은 2017년부터 두 번째 백두대간 종주를 위해 인천의 00 산악회에 가입했다.

처음 완주한 백두대간 등산 때는 모르는 사람들과 산을 타고 싶어서 서울에서 출발하는 산악회를 이용했다. 그러나 이번에는 전보다 더 자주 산에 가고 싶었기 때문에 접근성을 중심으로 선택했다.

노무 업무 시작 시점은 승진 시험에서 3진 아웃으로

자신감이 상실되면서 극도의 어려움 속에 처한 상황이었다. 그 가운데서 업무의 피로감까지 겹치면서 주말마다 산을 찾고 싶었다.

산에 가면 땀 범벅이 될 정도로 뜀박질하고, 몇 시간이고 쉬지 않고 걸었다. 몸을 혹사하지 않고는 견딜 수 없었다. 이렇게라도 몸부림해야 살아낼 수 있으리라 생각했다.

다시 찾은 백두대간 길, 지리산, 소백산, 설악산 등은 너무도 당연하지만 그대로 있었다. 가파른 산을 오르내리면서 3진 아웃에 처하기 전의 모습, 활기 넘치는 주무관으로 여전히 남아야겠다고 다짐했다. 노무업무가 부담스럽고 근로자들의 하소연에 지쳐 가지만, 흔들리지 않고 싶었다.

산악회원들과 무박으로 새벽부터 종일토록 산행을 마치고 하산 주로 소주와 맥주, 막걸리 등을 가리지 않고 마셨다. 거나하게 취해 가까스로 버스에 올라 잠이 들었다.

지방으로의 무박 산행은 귀가 시간이 길다. 집에 도착하면 술도 깨고 평온을 되찾았다. 백두대간 길에서 수도 없이 바라본 푸르른 산과 들판이 내 기억과 눈물을 닦아주고 씻어주었다. 다시 한 주를 시작할 힘이 되었다.

백두대간 길을 걷던 어느 날, 3진 아웃과 노무 업무, 계속되는 주말의 힘겨운 산행, 매일 마셔대는 술 등을 감당해 준 나 자신이 정말 대견하게 느껴졌다.

이어서, 지나간 한주도 근로자들의 아우성을 잘 참아냈다며 '고맙습니다. 감사합니다'라는 혼자 말을 하였다. 신기하게도 마음이 편안해짐을 느꼈다.

이후부터 괴롭거나 힘든 생각이 들 때마다 '고맙습니다. 감사합니다'를 외치는 습관이 생겼다. 거기다가 '이왕 말하는 거 10번을 외치자', '생각조차 하지 못한 고맙고, 감사할 일들이 펼쳐질 거야'라는 믿음도 생겼다.

산행할 때도, 집 주변에서 산책할 때도 자주 외친다. 때로는 의식적으로 말하기도 한다. 그래서일까? 가족들이 모두 건강하고, 모두 다 자기 분야에서 열심히 살아간다. 아직 아이들의 꿈은 이루어지지 않았으나, 자신들이 선택한 분야에 최선을 다하고 있다. 조만간 고맙고, 감사한 일들이 우리 아이들에게도 펼쳐질 것이다.

스트레스, 지금의 나는 직장에서의 스트레스를 어느 정도 이겨냈다. 그러나 과거의 스트레스는 지나갔을지 모르지만 새로운 문제들로 스트레스는 계속된다. 건강에 대한 압박감과 정년퇴직이 얼마 남지 않아 제2의 삶을 준비해야 한다는 강박에 사로잡혀 고민스럽다.

앞으로의 스트레스 관리는 어떻게 해야 할까? 지나온 내 삶의 흔적들 속에서 그 답을 찾을 수 있다.

술은 고혈압 약을 먹으면서 거의 마시지 않는지 3년째다. 최근에는 포도주 한두 잔으로 갈증을 해소하고 있다. 계속 유지할 계획이다.

그 외 내 주변의 좋은 사람들과 만나기, 혹사가 되지 않을 만큼의 적당한 운동, 3진 아웃처럼 궁지에 몰려 감당하기 어려운 처지에 놓이지 않기 등이다.

한계와 도전, 세 번의 마라톤 완주

운동장 걷기와 조깅으로 시작한 마라톤, 춘천, 강화, 인천대회 등 세 번의 42.195km를 완주했다. 고통스러우면서 행복했던 기억을 더듬어 본다.

내가 마라톤이란 한계에 도전한 이유는 무엇이었을까? 마라톤은 언제든 두려움과 맞서 싸울 수 있고, 이겨낼 수 있으리라는 자신감을 주었다.

내 운동 또는 마라톤의 출발은 조깅이다. 조깅의 사전적 의미는 건강을 유지하기 위하여 자기의 몸에 알맞은 속도로 천천히 달리는 운동이다. 이 의미에 딱 들어맞는 조깅을 30대 어느 날 아침부터 집 근처 운동장에서 시작했다.

사람들의 행태는 무엇이든 처음이 힘들다. 그러나 시간이 길어지고 견디다 보면 적응하기 마련이다. 운동도 그랬다. 처음 운동장 세 바퀴 걷기는 얼마 지나지 않아 뛰기로 변했다. 3개월이 지나자 5바퀴로, 6개월부터는 10바퀴를 뛰어도 힘들지 않았다.

1년 정도를 학교 운동장에서 보낸 후, 인천대공원 등 좀 더 넓은 곳에서 뛰기 시작했다. 30대 후반부터 마라톤 대회에 참가했다.

처음 참여한 대회는 인천 남동구청에서 소래포구를 다녀오는 10km 달리기였다. 이후 수도권과 경기도 등에서 개최되는 대회에도 다녀오고 하면서 종목도 10km에서 하프(21.0975km)로 바꿨다.

2000년 초반부터 2003년까지 하프 코스를 중심으로 뛰었다. 2003년 10월 강원도 춘천의 조선일보 마라톤 대회에서 처음으로 42.195km를 달렸다.

기억이 아직도 생생하다. 끝없는 아픔과 고통을 이겨가며 5시간 만에 주파했던 의암 댐 주변 도로와 호

수에 비친 가을 단풍이 얼마나 아름답던지.

고통의 주범은 근육통이 아니고 어이없게도 배탈로 인한 설사와 복통이었다. 춘천 대회 참여를 위해 인천 마라톤 클럽에 임시 가입해서 함께 버스로 이동했다.

동호회 차원에서 준비해준 초코파이, 바나나, 간식 등을 새벽부터 모두 먹었는데, 과식으로 인해 배탈이 난 것이다.

설사가 나면서 복통이 왔고, 처음에 한두 번은 금방 좋아지겠지 하고 뜀박질을 이어갔다. 그러나 한번 터진 설사는 시간이 가도 멈추질 않았다. 세 번째부터는 당황하기 시작했다. 뛰다가 화장실만 나오면 달려들었다.

다섯 번째 화장실을 앞두고 그만 포기하려고 했었다. 계속된 배탈로 기력도 달리고 현기증까지 있었기 때문이다. 진행 요원에게 구급차를 부를 수 있느냐고 물어보니 인파가 워낙 많아 다섯 시간 정도를 기다려야 가능하다는 대답. 다시 달리는 길 외에 선택할 대안이 없었다. 그렇게 나는 일곱 번의 화장실을 거쳐 5시간 7분 만에 골인했다.

강렬했던 마라톤에 대한 두 번째 기억은 강화 해변 마라톤, 세 번째는 인천대교 개통기념 마라톤이다. 이렇게 세 번의 완주를 끝으로 풀 코스 대회 참가는 그만했다. 그러나 하프 마라톤은 2019년 10월까지 참여했다.

제1회 강화 해변 마라톤은 하점면과 송해면 일대 민통선 지역을 왕복하는 코스였다. 쉽게 가보지 못한 지역이라서 참여했는데, 마라톤 코스에 언덕과 고개가 많아 가까스로 5시간에 완주했다.

처음이자 마지막으로 열린 2009년 인천대교 개통기념 마라톤은 거의 최상의 컨디션 속에서 4시간 37분에 완주했다. 한동안은 그날 찍은 기념사진을 확대하여 거실에 걸어놓고 쾌감을 즐겼다.

풀 코스를 접은 이유는 하나다. 건강 관리에 큰 도움이 안 되었기 때문이다. 긴 거리를 두 발로 뛴다는 성취감은 그 어느 운동보다 크다. 견줄 수 있는 대상이 없다.

그러나 너무 힘이 들었다. 40km쯤에서는 선수처럼 빠르게 뛰지 않았는데도 기력이 완전히 소진되어 정신이 혼미하곤 했다.

마라톤을 완주하려면 연습이 필요했다. 주말마다 산행하면서 걷고 뛰기는 하지만 마라톤과 사용하는 근육이 다르다. 절대적인 연습량 부족으로 완주하고 나면 1주일을 끙끙 앓고 난 이후에야 근육들이 정상으로 돌아왔다.

또 하나의 이유는 마라톤 코스가 춘천 대회처럼 아름다운 곳도 있으나, 대부분은 그렇지 못했기 때문이다. 주로 도회지 강변 길이었다.

백두대간에서 보고 느끼던 수려한 풍경은 마라톤 코스에서는 찾을 수 없었다. 무박 산행을 자주 다니던 나에게는 그리 매력적이지 못했다.

아울러, 나는 마라톤이란 '천천히 오랜 시간을 뛰는 운동이다'라고 말하곤 했다. 선수 생활을 할 것도 아니었기에 기록에는 관심이 없었다.

마지막으로 하프 코스에 참여한 송도 국제마라톤, 그 기억도 빼놓을 수 없다. 2009년 이후 마라톤보다는 주로 산행을 다녔다. 2015년부터는 달리기를 거의 하지 않았다.

그런데 농학을 전공하고 있던 한국방송통신대 학생회의 제안이 있었다. 학생회에서 마라톤 대회 참여자에 대회비용을 대납해준다는 것이다. 공짜라는 말에 참여하게 되었다.

그런데 10km쯤 달리면서 내 몸이 정상이 아님을 알았다. 왜 이리 힘이 들지? 왜 이리 몸이 휘청이냐? 내가 이러다 쓰러지지 않을까? 의구심을 가득 안고 가까스로 2시간 35분에 골인했다.

이후 같은 해 12월 말 건강검진을 통해 고혈압, 고지혈, 당뇨 진단을 받았다. 약물 복용도 다음 해 1월부터 시작했다. 그만큼 내 몸이 정상이 아니었는데 하프 마라톤을 한 것이다. 그날 쓰러지지 않고 용케 살아남았다는 안도감을 지금도 지울 수 없다.

지금은 마라톤을 계속하지 않는다. 그러나 온 마음을 다해 달리고 또 달렸던 강화, 춘천, 인천대교 등 마라톤의 추억은 내 삶의 원동력이다.

공무원으로 살아가며 부딪치는 어떤 두려움도, 어떤 스트레스도 정면으로 맞서 이겨낼 수 있으리라는 자신감을 주고 있다.

여전히 내 곁에 머무는 정말 행복한 기억이다.

줄기찬 공부, 왜?

공무원 입사 이후 줄기차게 공부에 매진해왔다. 한국 방송통신대학교에서 두 번에 걸쳐 교육과 농학을 전공했다. 대학원에서는 사회복지학을 공부했다.

이렇게 공부를 이어온 이유는 무엇일까? 자녀에게 공부하는 아버지의 모습을 보이고 싶었다. 또한 새로운 학문과의 가슴 설레는 만남, 사고방식의 유연함을 유지하기 위해서였다.

공무원은 철밥통이라고 약간의 비아냥이 섞인 말을 신문이나 방송매체를 통해서 듣곤 한다. 공무원인 내가 듣기에는 좋은 말이 아니다. 그러나 그 의미를 음미해보면 이해는 된다. 공무원은 지방공무원법, 복무규정, 조례 등에서 정한 사항을 잘 지켜 가면 이리저리 굴러서 찌그러질지언정, 깨져서 아예 못쓰게 되는 일은 없다.

즉 정상적인 공직 생활을 하는 사람이라면 타의에 의해 퇴직할 일이 없다. 또 열악한 기업처럼 직원들의 월급이 밀리는 일도 없다. 이런 면에서 보면 몹시도 안정적인 직장이다.

월급 중 일부 수당이 감액 지급된 예는 내 공무원 생활 중 단 1회가 있었다. 1997년 말 IMF 사태를 극복하기 위한 정부의 강력한 예산 절감 노력의 일환이었다. 체력단련비라는 항목의 수당이다.

1999년, 체력단련비는 연간 월 봉급의 250%였고 분기별로 지급된다. 경제 악화로 연초에는 전액 삭감을 예고했으나, 하반기에 정부에서 예산을 확보했다고 3/4분기와 4/4분기의 체력단련비를 받은 기억이 있다.

지방공무원의 정년은 지방공무원법 제66조에 60세로 규정되어 있다. 즉 누구나 공무원이라면 만 60세까지 근무할 수 있다. 여기에는 업무능력이 고려되지 않는다. 한마디로 말하자면 복무규정 등을 잘 지켜서 잘리지 않으면 된다. 이러한 정년 보장이 공직사회의 가장 큰 장점 중 하나인 것은 자타가 다 아는 사실이다.

개인적으로 정년에 기대어 공부에서 멀어지는 사람이 되고 싶지 않았다. 세월 따라서 낡고 고루한 어른으로 되어가는 것에 대해 경계를 해왔다. 그래서 주어진 업무처리와 연찬이라는 기본에 충실하면서, 자기계발 노력도 지속되어야 한다고 믿어왔다.

또한 아이들이 태어나고 자라면서 우리 아이들과 함께 공부하는 아버지로서의 모습을 유지하고자 했다. 직장 내의 연수는 물론이고, 대학과 대학원에 진학하여 많은 시간을 공부에 투입했다.

1997년 입사 후 이듬해인 1998년부터 2000년까지 한국방송통신대학교(교육과)에 3학년 편입학과 졸업을 했다. 직장생활을 하면서 공부를 이어간다는 것, 결코 쉬운 이야기는 아니다. 대학에 이어 두 번째의 교육학이라는 새로운 전공 분야는 시간을 쪼개 공부하는 나에게 흥미를 주기에 충분했다. 성취감과 함께 또 하나의 이력을 쌓았다는 만족감도 있었다.

2006년 7월부터 강화 앞바다에 있는 서도 고등학교에서 근무했다. 공직 입문 이후 학교생활이 처음이었으나 빠르게 적응했다. 그러면서 이듬해인 2007년 대학원에 들어갔다. 사회복지학을 전공했다. 2009년 8월 졸업 때까지 즐거운 기억으로 가득하다.

사회복지 분야 공부가 처음이었고, 학기가 거듭될 때마다 실습 등 전공과목 공부에 대한 부담감은 무척 컸다. 그러나 시작한 공부를 중도에 포기하기 싫었다.

주문도라는 섬에서 가까스로 첫 학기를 마치자마자 직장과 거주지를 시내로 옮겼다. 우선 대학교까지의 거리가 멀어서 출퇴근이 불편했다.

거기다가 정상적인 휴가 또는 외출 사용임에도 불구하고 지역 주민들의 오해에 대한 우려도 컸다. 즉 한 마을에 거주하는 학부모들과 일주일에 두 번을 여객선에서 만나다 보니, '저 양반은 학교 행정실장인데, 일은 안 하고, 날마다 대학원에 간다'라는 소문이 날까봐 안절부절못한 이유도 있었다.

지도교수님, 동기 등과 함께 토론회, 기관방문, 봉사활동 등 대학원 공부는 생동감과 함께 활력이 있었다. 낮에는 행정실에서 열심히 일하다가 밤이 되면 학교로 갔다.

대학원에도 중간고사나 기말고사 등 정기적인 시험이 있었고, 분임 토론 발제가 많았으며, 과제물 제출도 종종 요구했다. 이래저래 바쁜 일상으로 시간이 무척 아까운 시기였다.

2019년 교직원수련원에 근무하면서 다시 한국방송통

신대학교 농학과에 편입했다. 이때는 3진 아웃에 처한 상황에서 명퇴할지도 모르니까 공부를 이어 가자는 의무감이 컸다.

그간 인문 사회 계열 공부를 해왔기에 자연 계열의 전공 교과목은 매우 낯설었다. 육종학, 생리학, 농약학 등은 나에게 몹시 어려운 공부였다. 3학년 편입학의 단점 중 하나가 전공 교과를 첫 학기부터 공부해야 한다는 것이다.

농학 선택의 이유가 또 있었다. 2019년 본청을 떠나자마자 시간적 여유가 생겼다. 그래서 3월부터 등산지도사 과정을 공부했다. 한국 트레킹 연맹에서 주관하는 국가자격증 과정이었다.

6개월에 걸쳐 등산지도사 자격증을 취득하면서 산림휴양 시설과 관련된 신종 자격증들이 있다는 것을 알았다. 그중에는 산림치유사라는 것도 있었다. 그런데 산림치유사 자격증 과정에 입학하려면 대학 등에서 필수 과목을 사전에 이수해야 한다.

그 필수 과목은 농학이나 산림학과 등에 있었다. 이러한 이유로 한국방송통신대학교에 다시 입학했고, 사무관 시험 준비로 1년의 휴학 기간을 가졌지만, 최근에 졸업장을 부여받았다.

이제 다음 단계의 공부를 계획 중이다. 농학을 마쳤으니 예정했던 자격증 과정을 밟을 것이다. 아울러, 숲

해설사, 식물 보호 산업기사 자격증에도 관심이 있다. 더 많은 돈과 시간을 투자해야 한다.

이처럼 공부를 지속해 온 이유가 무엇인가? 스스로 물어보곤 했다. 첫 번째는 앞에서도 밝힌 바와 같이, 공부하는 아버지의 모습을 보여주고 싶은 것이 가장 컸다. 두 번째는 새로운 학문과의 만남이 좋았기 때문이다. 지금도 대학이나 대학원에 들어가 내가 전혀 몰랐던 새로운 분야를 공부한다는 것만으로도 가슴이 벅차고 설렌다. 또한 공부하는 과정에서 새롭게 만나게 되는 교수, 강사, 동료들과의 대화도 즐겁고 행복한 일이다.

세 번째는 내 사고방식이 좀 더 유연해지기를 희망했다. 나이가 들면서 보수화되거나 편협해지기를 바라지 않았다. 공부 과정을 통해서 새로운 나를 추구했고, 극좌와 극우의 어느 한 편에 크게 치우치지 않았으면 하는 소망을 담았다.

위험천만한 술자리, 초연하라

직장생활 내내 술로 인한 사건 사고가 계속되었다. 택시 사건, 일명 아리랑 치기, 술 먹고 잠들기 등 위험천만한 상황들도 있었다.

그러나 술을 마실지 안 마실지는 개인의 선택이다. 나는 술과 함께 조직에 적응하기를 선택했다. 공무원이라는 이유로 술자리에서는 초연해야 한다.

교육청을 비롯한 공직사회의 음주 문화는 코로나19로 인한 팬데믹 상황을 지나면서 큰 변화가 수반되었다. 직원들과 수시로 모여 마시던 술자리가 한동안 사라졌다. 그러나 최근 거리두기 완화와 실외 마스크 착용 해제 등의 조치로 다시 소규모 모임과 회식이 활력을 찾아가고 있다.

직장인이라면 누구나 회식 자리, 특히 술을 전제로 한 회식 자리와 그 문화가 반갑지만은 않다. 적극적으로 참여해야 할까? 나도 수백 어쩌면 수천 명이 스쳐간 회식이 있었지만, 자신 있는 답변을 하기는 부담스럽다.

내가 겪은 특별한 사건 몇 가지를 들어서 물음에 대한 답을 찾아보려고 한다. 나는 술에 겁내지 않고 주는 대로 받아먹는 스타일이었다. 그 결과로 무서웠던 큰 사건이 셋이나 있다.

첫 번째는 서구의 한 고등학교에서 근무하면서 고양시 덕양구 행신동까지 출퇴근하던 때의 일이다. 학교 동료 등과 자주 어울렸다. 그래서 거의 매일, 밤늦게까지 술집에 있다가 가까스로 택시를 타고 집에 가곤 했다.

어느 날 인천 서구 가정동에서 택시를 탔다. 택시 뒷좌석에 올라 덕양구 행신동 00 빌라로 가자고 분명한 어조로 말했다. 술에 취해 잠이 들었다. 당시 나는 마라톤과 등산 등 엄청난 운동량을 소화하는 중독자에 가까웠다. 그래서인지 술에 크게 취해도 3~40분이면 정신을 차리곤 했다.

그날도 택시에서 잠깐 잠이 들었고, 30분 정도 지나자 눈을 떴다. '어라!' 거리를 두리번거린 나는 놀랐다. 내가 아는 지역이 아니었다. 차를 세웠다. "왜 이리로 오셨습니까? 행신동이 아니잖아요?" 택시 기사는 잠시 말이 없다. 이어 횡설수설한다.

잠시 머뭇거리는 택시에서 내렸다. 주머니에서 만 원짜리 한 장을 택시에 던지면서 "더는 이러지 마시고 잘 먹고, 잘 사세요"라고 말했다. 택시에서 내리자 당황스러웠다. 도대체 여기가 어디쯤인지 분간할 수가 없었다. 주위를 살펴보았다. 200m쯤 거리에 외딴집이 있다. 우선 그리로 가서 도움을 청하기로 하고 다가갔다.

'이건 또 뭐지?' 건장한 젊은 청년이 수돗가에서 오토바이를 닦고 있었다. "초면에 죄송합니다. 제가 택시를 잘못 타서 여기까지 왔습니다. 저를 대로변까지 태워줄 수 있을까요?" 잠시 기다리면 내 부탁을 들어주겠다고 한다.

이어서 오토바이 뒷자리에 앉아 그가 이끄는 대로 가게 되었다. 그런데 왠지 기분이 좋지 않고 무엇인가 잘못되어간다는 생각이 들었다. 가는 방향이 대로도 시내도 아니었다. 오토바이에서 핸드폰을 꺼내 큰 소리로 부인과 통화하는 것처럼 연기를 했다.

“여기는 어디인지 모르겠고, 택시가 엉뚱한데 내려줘서 지금 오토바이를 얻어타고 시내로 나가는 중이야”라고 소리를 지르다가 조금 높이 설치된 도로 턱 앞에서 속도가 줄어드는 사이, 나는 오토바이에서 뛰어내렸다.

인근에 작은 산이 있었고, 산과 마라톤에 익숙했던 나는 어둠을 헤치고 산으로 내달렸다. 오토바이는 잠시 멈추고 서서, 달려 나간 방향을 한참 동안 바라보다가 다시 오던 방향으로 지나갔다.

오토바이가 사라지자 나는 뜀박질로 30분 정도 달렸다. 마침내 서울에서 일산, 파주로 이어지는 자유로가 나왔다. 가까스로 다른 택시를 부여잡고 집으로 돌아왔다.

그날 부인에게 이 상황을 말하자마자, “술을 끊지 못하니 차라리 인천으로 이사 가자”라고 했다. 그렇게 해서 덕양에서 인천으로 주거지를 옮겼다.

주말이 다가오자 너무도 충격적인 사건인지라 기억을 떠올려 자동차로 그 외딴집을 찾아가 보았다. 문은 굳게 닫혀 있었고, 위치가 수색 근처의 산자락이었다. 술에 취하면 이렇게 위험하다.

두 번째 사건이다. 만수동에 살면서 본청에 근무할 때다. 동인천역 근처로 직원들과 술을 마시러 갔고, 술자리는 밤 10시를 넘어 마쳤다. 당시의 나는 술을 마시면 밤거리를 걷는 습관이 있었다. 이미 언급했던 택시에 대한 기억으로 택시 자체가 무섭기도 했고, 밤하늘을 보면서 걷는 기분도 상쾌했기 때문이다.

동인천역에서 제물포를 지나 석바위, 구월동으로 이어지는 도로를 지나서 인천석천초등학교 옆길에 들어섰다. 긴 담벼락과 함께 어둠에 살짝 가려진 위치다. 웬 젊은 20대 대학생이 길을 막아선다. 비틀거리며 걷는 나에게 다가와 다짜고짜 주머니에 손을 넣어 지갑을 꺼내고 있었다.

당황한 나는 "지금 뭐 하는 거냐. 멈춰라" 이렇게 말했다. 상대는 "형, 저 뒤에 일행 두 명이 같이 오고 있습니다. 그냥 돈을 꺼내 주세요" 이렇게 말했다. 뒤돌아보니 정말 두 놈이 30m쯤 뒤에서 걸어오고 있다. "좋다. 지갑에 있는 현금은 주겠다. 대신 저 친구들은 보내고 나랑 술이나 한잔하자"라고 했더니 그리하겠단다.

잠시 뒤 만수동 방향의 포장마차에서 그 녀석과 마주 앉았다. 점잖은 척하며 타일렀다. '나는 육군 중사 출신이다. 아리랑 치기 하는 사람들 전혀 무섭지 않다. 왜 이러고 사느냐, 연락처를 주라'. 내일 술 깨고 만나자는 약속까지 하고 그와 헤어졌다. 다음 날 전화를 했지만, 역시나 없는 전화번호였다.

뒷날 돌이켜보니 그날의 나는 운수가 좋았다. 불량

청소년치고는 순진한 부류에 속한 놈을 만난 것이다. 운이 나빴다면 굉장히 곤란한 처지에 몰렸을지도 모를 일이다. 그날 이후 술 마시고 걷는 것을 그만두고 다시 택시를 타게 되었다.

세 번째 사건은 술에 취해 집에 가는 것을 잊어버리고 술집 근처에서 잠이 든 사건이다. 이런저런 분위기에 휩쓸려 술을 마시다 보니 내 주량을 넘기면서 어느 순간 나도 모르게 쓰러진 것이다. 두 번에 걸쳐 정신을 완전히 놓아버렸으나, 운이 좋아 별일 없이 지나갔다.

위험에 처한 세 사건 모두 술을 너무 마셔서 정신을 잃거나, 술로 인해 벌어진 일이다.

사실 공직 생활 초기에는 '동료나 상관이 주는 대로 술을 마셔야 할까? 아니면 적당히 마시는 척하면서 술잔을 버릴까?' 이런 고민을 하기도 했다. 술과 함께 조직에 잘 적응하자며 마시는 쪽을 선택했다.

젊은 후배들은 어쩌면 지금도 고민할지 모르겠다. 회식 자리나 지인들과 함께하는 술자리에서 못 마신다고 말할까, 아니면 즐긴다고 하면서 적극적으로 술자리에 응할까?

지금의 나는 거의 술을 마시지 않고 있다. 나이도 많고, 술자리에 대한 많은 경험으로 불편함이 없다. 그러나 당연히 나이가 젊고, 경험이 없어도 마시지 않을 수 있다. 당당히 거부할 수도 있다.

인생은 선택이라고 믿으면서 살아온 나다. 그 연장선에서 술도 선택이라고 본다. 술을 먹지 않아도 부드럽게 인간관계를 유지하는 분들 여러 명을 보아왔다.

반면에 술로 인해 동료와 다투고, 고급 술집으로 이어져 고가의 술값이 나오거나 회식비로 인하여 불편한 심기를 드러낸 경우도 여럿 보았다. 어떤 경우든 술이 문제다.

공무원은 술자리에서 마시던, 안 마시던 초연해야 한다. 한결같아야 한다. 아울러 나도 독자도 때로는 위험하고, 때로는 너무나 즐거운 술에 대해 늘 현명한 선택을 하길 바라본다.

성인병은 내 인생의 동반자

사람은 누구나 걱정한다. 병에 걸리면 어떻게 하지? 건강이 무너지면 어떻게 하지? 걱정이 밀려드는 지금 바로 운동을 시작하자. 평생을 마라톤, 백두대간 길 등산, 자전거 등으로 끊임없이 운동을 해왔다.

그러나 2020년 성인병 진단을 받고 약물을 복용 중이다. 그래도 포기하지 않고 운동을 계속하고 있다. 이유는 이렇다. 우리 집에서 가장인 내가 쓰러지지 않고 건재해야 행복을 유지할 수 있을 테니까.

건강은 성공하는 직장생활을 넘어 우리 삶의 가장 중요한 요소 중 하나이다. 건강이 따라 주어야 일을 하고 돈도 벌어 가족과 함께 또는 나 홀로의 행복감을 만끽할 수 있다.

1997년도 입사부터 인천의 남동구와 연수구를 관장하는 동부교육지원청으로 출퇴근했다. 우리 가족은 주로 내 근무지 주변에서 살았다. 인천에 특별한 연고가 없고, 육아 시간 확보와 출퇴근 시간 등을 고려하여 이사할 집을 정했기 때문이다.

시골에서 초·중학교를 보낸 유년 시절은 독서광으로 자랐다. 책을 좋아해 시간만 나면 만화, 잡지, 소설 등을 가리지 않고 읽었다. 운동에는 아예 관심이 없었다. 고등학교 때는 적성에 맞지 않는 기나긴 실습 시간, 끼익 끼익 소리를 내며 돌아가는 기계들 사이에서 소설을 끼고 지냈다.

금오공고 기숙사에서 출발해 군 생활 5년을 마칠 때까지 아침 6시 기상이 계속되었다. 이게 습관이 되어 아침 출근 전 시간이 늘 여유 있는 편이다. 그러나 대학 졸업 때까지의 이른 아침은 몸이 뒤틀리며 근육이 아팠고 힘겨웠던 기억이 전부다.

젊은 부사관인 나의 관심사는 공부와 운동이 아닌 술과 여자친구였다. 직업 군인의 신분으로 월마다 받는 급여는 상당했다. 처음에는 매월 5만 원의 재형저축을 했으나, 차츰 씀씀이가 커지고 종국에는 재형저

축마저 해지하여 술값과 데이트 비용으로 탕진했다. 5년의 군 생활은 여자친구와 돌아다니고, 군부대 지인들과 술을 즐기느라 운동의 필요성을 느끼지 못했다. 전역 후 이어진 재수와 대학 생활도 비슷했다.

그러나 결혼, 공무원 입사 등으로 이어지면서 '나의 존재 이유가 가족의 행복이고 그 중심에 가장인 내가 있다. 우리 가족을 위해 내가 건강해야 한다'라고 생각하였다.

자녀들이 자라는 것을 보면서 갑자기 죽음에 대한 두려움이 커지고 건강의 중요성을 자각하게 된 것이다. 거의 30대 중반쯤이다.

아이들이 4살, 6살 경부터 가족 산행을 시작했다. 아이들과 함께 인천의 소래산과 관모산을 다녔는데, 작은아들은 등에 업고, 큰아이는 손을 잡고 산에 올랐다. 점차 관악산, 북한산, 도봉산 등 수도권 산으로 넓히면서 중학교 1학년까지는 계룡산, 내장산, 백암산 등 지방의 명산들도 여럿 올랐다.

특히 작은 아이 기준으로 중학교 입학 전까지 북한산 의상봉 능선에 자주 다녔다. 바위와 절벽으로 고난도의 등산로였지만 아이들은 모험을 즐겼다.

언제인지 정확한 기억은 나지 않지만, 고향이 순창인 공무원 선배와 함께 의상봉 능선을 다녀왔다. 그날 저녁 하산 주를 마시는 자리에서 그 선배는 다시는 나와 함께 산행하지 않겠노라고 말했다. 위험한 등산로는 물론이고 험난한 바윗길에 위태로움을 크게 느꼈기 때문이라고 말했다.

마라톤과 등산을 이어가면서 2010년 전후에는 아이들이 독립적으로 행동하면서 운동에 더욱 빠져들었다. 백두대간 종주를 꿈꾸며 산악회에 가입했다.

서울 사당역에서 주로 금요일 22시경에 출발해서 산행을 마치고, 토요일 20시경 다시 사당역에 도착한다. 사당에서 인천으로 오는 시간까지 더하면 꼬박 24~25시간을 버스나 산에서 시간을 보낸다.

산에서 만난 사람들은 다양한 모습이다. 백두대간 완주가 목적인 산우들은 각자의 삶에서 주말에만 산으로의 일탈을 즐긴다. 산행을 지속하다 보면 발걸음에 따라 팀이 자연스럽게 만들어진다. 삼삼오오 친분도 쌓인다.

나는 백두대간 길에서 내내 최선두에서 내달린 팀이다. 여러 명의 형님, 누님들과 산에서 뛰어다니면서 체력을 길렀다. 산행을 마치고 하산 주도 가끔 마시고 때로는 술이 부족해 사당역 인근에서 뒤풀이 술자리도 가지곤 했다.

2년 넘게 계속된 백두대간의 산행에서 우리나라 금수강산을 여러모로 느끼게 되었다. 설악산 너머 향로봉에서 지리산까지 이어진 690km의 산길, 어떤 지역은 아름드리 소나무가 지천이고, 어느 지역은 배산임수의 고지대 마을이기도 했다. 이름 없는 무명봉도 이어지고 해발 1,000m 이상의 고봉도 샐 수 없을 만큼 계속된다.

이렇게 치열한 운동을 통해 건강 관리를 해왔다. 그래서 2015년부터 보험공단에서 2년 주기로 하는 검진에서 고혈압, 고지혈, 당뇨 직전이어서 '관리가 필요하다'라는 경고도 무시하게 되었다. 운동을 게을리해 본 적이 없었기 때문이다.

2019년 갑작스러운 교직원수련원 발령이 있었다. 교육청에서 다소 거리가 먼 지역, 원장님까지 7명이 근무한다. 저녁 회식을 1주당 2~3회를 꾸준히 이어갔다.

교직원수련원에 근무하기 전에도 본청의 부서 회식을 자주 했고, 동료들과 술을 자주 마셨다. 그때마다 소주 2~3병은 기본으로 들이켰다.

학생 배치업무를 담당한 기간에는 원만한 인간관계를 유지하기 위해 술자리를 피하지 않았다. 오히려 내가 주도적으로 자리를 만들고 몸이 축날 정도로 마셔댔다.

노무 업무를 시작할 때부터는 3진 아웃의 고통을 달래고, 업무 스트레스를 해소한다는 이유로 날이면 날마다 팀에서, 집에서 술자리를 이어갔다. 돌이켜 보니 건강하다는 것이 이상한 일이다.

교직원수련원에서 근무하던 여름부터 점심을 먹고 나서 너무 피로가 밀려왔다. 잠깐이라도 잠을 자지 않고는 견딜 수 없는 지경이었다. 거의 매일 25km를 왕복하여 50km나 되는 거리를 자전거로 출퇴근하니 피곤해서 그럴 거야라고 여겼다.

그해 12월 공단 정기검진차 병원을 방문했다. 의사가 깜짝 놀란다. 혈압은 150에 90을 오르내렸다. 고지혈 검사 결과도 심각하다. 거기다 당뇨까지 판정을 내렸다. 이런, 나에게 이런 사태가 생기다니. 그간 엄청난 운동량을 늘 자랑해 왔는데, 절망감이 몰아쳤다.

2020년 1월부터 고혈압, 고지혈, 당뇨약을 복용한다. 벌써 3년째다. 약을 먹기 시작하면서 몸이 한결 편안해졌다. 피로감도 덜하다. 점심을 먹고 나서 몰려오던 졸음 증상도 없어졌다. 그런 점에서는 다행이다.

어쩌다가 이런 처지에 몰렸는지 현재는 중요하지 않다. 이미 지나간 일들이다. 나이도 50살을 훌쩍 넘기면서 어쩌면 당연하다.

여기저기 고장이 나고 병이 날 때가 되었다. 현재 상태를 인정해야 내 마음도 편하다. 성인병은 죽음이 찾아오는 그날까지 함께 살아가야 할 동지라 생각한다.

술은 지난 2년간 아예 끊었다. 마시던 술을 안 마시니 시간이 많이 남는다. 운전도 자유롭다. 가족들과 보내는 시간도 늘었다. 그야말로 장점이 한둘이 아니다.

그러나 아쉬움도 있다. 직장 동료들과 즐겁게 공유하는 시간이 줄어들고, 지인을 만날 기회도 줄어들었다. 그러나 장단점을 비교할 때 나는 장점이 많은 것 같다. 다른 성인병 예방과 건강 관리를 위해서도 절주가 유용하다.

고등학교에 근무하는 지금도 인근에 있는 백운산을 자주 오른다. 왕복 6km 거리다. 집 근처 박석공원도 자주 걷는다. 왕복 5km인데, 경사도가 백운산에 비해 완만하다.

개인적으로 아직도 백두대간 길, 11개의 정맥 길, 지리산, 덕유산, 소백산 등 다시 가고 싶은 산들이 많다. 그러나 이제부터는 가고 싶다고 내달리는 산행은 불가능하다. 내 몸의 상태에 맞추어 천천히, 적정한 양의 산행과 준비 운동이 필요하다.

제3부 희망이 보이네요

부활, 9회 말 2사 투 쓰리 풀카운트에서

교육청 승진 시험에서 세 번 연속 실패하여 3진 아웃에 처한 지 5년, 참아내고 견디어낸 세월의 끝에서 마주한 마지막 기회, 야구로 비유하자면 9회 말 2사에 투 쓰리 풀카운트 상황, 살아나갈지는 볼 하나에 달렸다.

다시는 승진 기회를 주지 않는 비정한 현실, 마지막 공을 쳐 냈다. 홈런이었다.

드디어 끝이다. 지긋지긋한 수험 생활이 끝났다. 2021년 10월, 승진 시험 최종 관문인 면접을 마쳤다.

면접장을 나와서 대기실로 향하는 길에서 너무너무 개운한 생각이 들었다. 최선을 다해 준비했고, 면접장을 나오는 순간까지 최고의 집중력을 유지했기 때문이다.

9월 첫 주 실적서를 인사팀에 제출했다. 평가 기준에 맞추어 6급으로 재직한 기간 중 자부심을 가질 만한 실적서 3개를 완성했다.

산업안전보건법의 교육기관 도입으로 시작된 신설 부서의 업무체계 구축, 근로자 노동조합과의 단체협약 체결을 위해 고군분투했던 노무 업무, 전·입학 알리미 등 인천의 학생 배치 여건 개선 노력 등이었다.

면접을 본 당일 새벽 6시, 기상하자마자 몇 달간 습관처럼 해 온 실적서 시나리오를 소리 내어 녹음하면서 한 번을 읽었다. 나는 7월 중순 무렵 실적서가 어느 정도 윤곽이 잡히면서 10분 시나리오 작성을 시작했다.

처음에는 실적당 10분 내외로 녹음이 이루어졌으나, 내용이 수정되고 보완되면서 9월에는 13분 내외로 늘어났다.

매일 새벽 조용한 시간, 스마트폰에 시나리오 녹음으로 하루를 시작한다. 실적서 3개의 녹음은 1시간 정도 소요되었다.

정확한 발음, 적당한 문장으로 끊어 읽기, 차분한 어투와 생동감 유지, 호흡 관리 등 전반적인 말하기 연습이 첫째 목적이다.

두 번째 목적은 내용 숙지용이다. 실적서 작성 중에 여러 지인의 도움을 구했다. 그러나 최종적으로 다른 누구도 아닌 나의 언어로 작성했고, 내가 수행한 일들을 정리하였으나, 실적서 내용을 말로 표현할 수 있을지 의문이 있었고, 자신도 없었다. 오십 살을 훌쩍 넘긴 나이 탓도 있지만, 암기에 소질이 없음을 알고 있었기 때문이다.

가장 중요한 점은 면접시험 당일 암기한 것을 말하는 듯한 태도를 보이고 싶지 않았다.

그래서 시나리오 작성을 다른 수험생들과 차별 요소로 여겼다. 실적서의 내용을 하나하나 모두 언급하면서 작성한 시나리오로 말하기 연습과 함께 내용 숙지 방법으로 시나리오를 택했다.

매일매일 새로운 녹음 파일을 만들고, 그날그날 10여 회를 반복해서 들음으로써 얼마 지나지 않아 실적서의 내용을 충분히 숙지할 수 있었다.

말하기 연습은 5년 전 역량평가 준비로 서울 강남의 모모 스피치(speech) 학원에서 수강했던 자료 복습으로 3월부터 시작했다.

미국계 회사의 무역 파트와 방송국에서도 일한 바 있던 강사, 라디오 방송국에서 아나운서로 일하던 선생님, 학원 전임강사 등 세 분에게서 들었던 내용을 정리했다.

쉽고 짧게 말하기, 두괄식으로 시작하기, 스토리텔링이라 하여 배경, 위기, 극복, 변화 순으로 이어가기, 3·3·3 기법, 적극적인 말하는 자세, 시선 처리, 웃는 표정과 제스처 등 비언어적 요소, 겸손하게 말하기, 호흡 관리의 중요성 등을 확인하고 최종 면접에서 반드시 활용하리라 결심했다.

특히 다요 화법, 차분하고 힘을 빼면서 자연스럽게 긴 호흡으로 말하기, 첫 음을 부드럽게 발음하기, 아래로 둥글게 멀리 발음하기, 공명과 울림을 느끼며 말하기, A·B·A' 화법 등을 떠올렸다.

학원에서 배운 내용을 실적서 시나리오에 적용하려고 애썼다. 매일 녹음하면서 '나는 녹음이나 암기가 목적이 아니다. 이 녹음 파일을 이용해서 말하기를 연습하는 중이다'라고 상기시켰다. 그래서 나는 면접을 보는 당일 아침까지 녹음하면서 말하기 연습에 공을 들였다.

3·3·3 기법은 일반적으로 사람들은 무엇이건 3개를 가장 선호한다는 점을 이용한 것이다. 즉 글쓰기와 말하기에서도 3개의 단락으로 구분하고, 3개 이상을 말

하거나 언급하지 않는다. 서론·본론·결론이라는 가장 기본적인 형식에 충실한 것이다. 그러나 말하기 등에서 실제로 구현하려면 연습이 되어야 가능하다.

호흡 관리의 중요성은 아무리 강조해도 부족하지 않다. 말을 하거나 노래를 부를 때 목소리가 떨리거나 말이 빨라진다는 느낌을 누구나 한 번쯤은 경험한다. 누군가는 자신감이 없어서 생기는 현상이라고 말한다. 그러나 대부분은 자신감 부재가 아니다. 바로 호흡 관리가 안 되기 때문이다.

목소리가 떨린다는 것을 가장 먼저 느끼는 사람은 청중이 아니다. 말하는 자신이다. 목소리의 떨림이 느껴진다면 말하는 것을 즉시 멈추라. 이어서 1~2회 심호흡하라. 그러면 호흡을 되찾게 되고 안개 같던 기억들이 새록새록 돋아날 것이다.

다요 화법은 방송국의 아나운서들처럼 '~했습니다.'와 '~했는데요.'를 번갈아 가면서 이용하라는 것이다. 면접에 응시한 사람들은 왠지 모르게 심신이 위축되고 '~했습니다'로 해야 할 것 같은 착각을 하게 된다.

A·B·A' 화법은 두괄식으로 주제문을 말하고 내용을 전개한 후 마무리로 주제문을 다시 언급하라는 것이다. 어떻게 보면 우리가 살아가면서 내용을 강조하기 위해 매번 사용하는 형태인데도 면접장에서 구현하기 어렵다.

이론에 대한 복습을 한 달 정도 했다. 세 명으로 구

성한 스터디그룹에서 내가 정리한 내용을 말하면서 함께 해보자고 말했다.

그러나 공감을 얻지는 못했다. 시험을 마치고 들어보니 실적서 시나리오 작성 부담 등으로 그들은 나처럼 실적 시나리오를 활용하지는 않았다.

면접장으로 향하는 아침, 영종도에서 차를 가지고 인천대교 요금소를 지난다. 속력을 줄이면서 카드를 내밀었다. 상냥하게 들려오는 목소리, “안녕하세요. 좋은 아침입니다” 이 한마디에 기분이 너무도 좋았다.

오늘 처음 만나는 사람인데 편안한 말투와 미소로 맞이해주신다. 감사했다. 내가 아는 범위에서 인천대교 요금소에 근무하는 사람 중 가장 친절한 분이다.

시험장에서 만난 동료에게 이 말을 전했더니 그도 상냥하고 기분을 좋게 해준 분의 목소리를 기억한다고 했다.

면접을 마친 10월 9일 오후 영종도, 자전거로 씨사이드 파크와 무의도를 왕복하면서 시원한 바람과 파도소리에 귀를 기울였다. 자동차 소리도 크게 들렸으나 나부끼는 낙엽에 가을의 정취도 있었다.

참으로 시원하다. 바람도 시원하다. 그러고 보니 여러모로 시원한 날이다. 그간 준비한 시험이 끝났고, 25년 공무원 생활을 총정리한 날이었다.

준비한 만큼 완벽한 실력을 발휘하지 못해 조금의 아쉬움은 남지만, 최선은 다했다. 잘 되기를 간절히 바라지만, 잘 되건 안 되건 크게 개의치 말아야겠다는 생각도 밀려왔다.

바닷가에서 지난 기간을 돌이켜 보았다. '그래! 내가 하고 싶은 것과 해야 할 것들, 그야말로 후회가 남지 않을 만큼 치열하게 준비했고, 이제 이 직장에서 다시는 승진 시험으로 스트레스를 받을 일이 없겠지'라는 생각도 들었다. 여기까지 다다르니 너무 개운한 하루였다.

그간 물심양면으로 지원해 준 여러 동료와 지인들을 떠올렸고, 감사한 마음을 SNS를 통해 전달했다. 도움을 준 이들에 대해 일일이 이름을 거명하면서 감사 인사를 했으면 좋았겠으나 그러지는 못했다.

3진 아웃을 당한 자, 그의 입장은 이렇다. 당사자인 나는 이렇게 느꼈다.

'이 조직에서 어떤 모습으로 살아왔던지, 수많은 어려움 속에서 교육 발전을 위해 어떤 헌신과 희생이 있었던지, 나는 이 조직의 패배자이며, 완전하게 낙인찍혀 버렸다'

그 고통 속에서 초연하려고 애썼다. 집에서나 직장에서 돌출된 의사 표현이나 언행을 보이지 않으려 노력했다. 매년 수십 건의 제안서를 제출하던 업무개선 노력도 그만두었다. 최대한 조용히 지내야 한다고 생각했다.

최근 몇 년 나 홀로 술을 많이 마셨다. 내가 스스로 선택했지만, 그 결과로 몸도 마음도 병이 들었다. 고혈압, 고지혈, 당뇨가 한꺼번에 찾아왔다. 2020년부터 치료약물 복용을 시작했다.

지난 수년간 술을 멈출 수 없었다. 가슴 속에 불꽃이 있었기 때문이다. 이 불꽃은 아무리 취해도 사라지지 않는다. 그런데도 그 불꽃이 내 몸과 마음이 아닌, 밖으로 나오는 일은 결단코 있어서 안 된다고 늘 생각했다.

스트레스와 함께 무기력감도 자주 찾아왔다. 불안감도 있었다. 이 직장에서 오랜 기간 이렇게 힘겹게 지내왔는데, 이렇게 끝나고 마는 것인가?

그럴 때마다 '나는 육군 중사 출신으로 강력한 사람이다. 가정에는 두 아들과 부인이 있고, 직장에서는 해야 할 일이 있다. 가고 싶은 집이 있고 돌아갈 직장이 있다. 얼마나 다행이고 행복한 일인가?' 이런 생각으로 위로를 삼고 싶었다.

세 번째 시험에 떨어지면서 주변 동료와 지인들에게 위로 차원의 여러 가지 말을 들었다. 관리자 중 한 분은 '이제 평범한 직원으로 살면 되는 것이고, 또 다른 삶에 충실하면 된다'라고 했다. 그분의 의도와 달리 나에게는 위로가 전혀 되지 못했다.

스터디그룹을 오랜 기간 함께했던 동료는 SNS를 통해 '용기를 잃지 마세요. 언제나 응원하고 지지할게요.'라고 했다.

자신에 대한 큰 실망에 빠져들어 답글을 보내진 못했다. 그러나 시간이 지나면서 가장 큰 위로가 되었다. 어떤 경우에도 응원하고 지지한다는 말은 참으로 좋은 말이다.

보통의 경우 3진 아웃을 겪으면서 많은 변화가 수반된다. 한 부류는 네 번째의 시험 기회를 부여받기 위해 인내하며 기회를 기다리는 사람들이 있고, 다른 부류는 승진을 포기하고 다른 삶을 살거나 준비한다.

어떤 부류든 자신의 선택이다. 그러나 이 조직과 직장에 남아 있는 한 인내하는 것도, 다른 삶의 준비도 쉽지 않다. 어떤 부류든 마음이 힘들지 않을 수 없다. 그간에 공들인 시간과 정성이 여전히 자신을 괴롭히기 때문이다.

삶을 살아간다는 것에는 개인적 차이가 있고 각자 다른 삶을 사는 것처럼 보이지만, 큰 틀에서는 비슷하다. 삶의 목표가 각자의 행복이기 때문이다. 다만 행복의 기준을 무엇으로 삼느냐는 것은 각 개인의 가치관과 철학의 문제이다.

관료적이고 보수적이며, 엄연한 계급이 존재하는 이 공무원 조직에 몸을 담고 살아가는 한, 3진 아웃을 당한 나는 어떤 선택에서도 괴로운 여정을 피할 수 없다.

그래서 3진 아웃 이후 학교나 사업소로 나가지 않았고, 교육청 근무를 선택했다. 어디에서 근무하던지 고통스러운 현실은 계속될 것이고, 참아내야 한다면 차라리 교육청에 남아서 최고의 고통과 마주하자. 당연히 내가 가야 할 길이라고 여겼다.

교육청에서 오랜 기간 근무한 경력으로 업무처리나 처신에는 어느 정도 자신이 있었다. 그러나 예상치 못한 암초들은 곳곳에 숨어 있었다.

업무적으로 노무와 관련된 분야에서 4년을 근무했고, 근로자들의 아우성과 외침을 수년간 계속 들어야 했으며, 더욱이 나보다 나이가 어린 팀장님을 무려 4명이나 연거푸 모셔야 했다.

전혀 예기치 않았던 본청 근무 배제와 사업소인 교직원수련원으로의 인사발령, 가장 중요한 시기였던 승진 시험 직전의 승진서열 명부에서 무려 11등이나 뒤로 밀려 45명 중 15명을 선발하는 시험에서 30등으로 시험을 보게 된 것, 사업소에서 1년 근무한 이후 본청에 다시 전입하여 시험 준비를 하던 중, 예산집행이

부적정했다고 감사관에서 '주의' 처분받는 등 위기가 계속되었다.

승진 시험을 준비하면서 종종 생각했다. '나는 현재 야구로 말하면 9회 말 2사에 투 쓰리 풀카운트인 상태로 타석에 서 있다. 볼 하나에 모든 것이 달려 있다. 준비 기간부터 시험을 마치는 그 순간까지 마음을 다하고 집중할 것이다. 마지막 볼 하나에 홈런을 칠 것이다'

결국 2021년 10월, 마지막 타석에서 친 볼이 홈런이었음을 알았다.

전·입학 청탁 근절

전·입학 알리미는 13년 전에 내가 개발하였으며, 현재도 사용 중이다. 개인적으로는 가장 큰 자부심을 가지는 업무실적이다.

출발점은 교육수요자였다. 학부모와 학교 전학 담당자의 편의를 위해 개설했으며, 청탁 근절, 학부모 편의 제공, 행정력 절감 등을 실현했다.

인천의 교육행정을 수행하는 과정에서 자부심을 가지는 성과가 몇 가지 있다. 그중 제1은 '전·입학 알리미'의 신설이다. 2009년 중등교육과에서 기획하고 실행한 것이며, 출발점은 교육수요자의 관점에서 업무를 바라본 것으로부터였다.

전·입학 알리미는 13년이 지난 현재까지도 인천교육청 홈페이지에서 검색이 된다. 고등학교별로 전·입학 가능 학생 수를 보여준다.

즉, 학교 정원의 일정 비율로 전·입학을 허용하는데, 학교별 비밀 장부처럼 관리하던 허용 인원을 공개해 버렸다. 그 허용 인원은 현원을 입력하면 자동으로 계산되어 출력하도록 했다.

'전·입학 알리미'의 설치 이전과 이후에 교육청에 많은 변화가 있었다. '전·입학 알리미' 시행 전까지는 교육계의 선배, 시의회를 비롯한 유력 인사들의 전·입학 청탁에서 벗어날 수 없었다. 이사 등으로 주거지를 옮기고 나면 자녀들이 어느 학교에 갈 것인가가 관심사다.

유력 인사라면, 자신이 원하는 학교에 학생을 전학 보낼 수 있다고 생각했다. 실제로 교육청 간부에게 압력을 가하고 담당자에게 청탁 전화를 하거나 서류를 보냈다. 전·입학 허용 인원이 공개되지 않음으로써 가능한 일이다.

전·입학 업무를 맡으면서 나는 깊은 고민에 빠졌다. 학교 배정은 학생들의 장래와 밀접하게 연관이 있고, 많은 이들이 관심을 가짐에도 불구하고, 공정하지 못한 행정업무 처리가 비일비재했기 때문이다.

두 자녀를 기르는 학부모로서 느끼는 바도 컸다. 그래서 팀장님, 과장님, 개발업체 사장 등과 협의하여 마침내 '전·입학 알리미'를 현실화했다. 바로 이어서 새로 고안된 시스템에 대한 담당자 연수도 진행했다.

당시 예산이 별도로 확보되지 못한 상태였다. 그러나 동료 장학사의 전폭적인 지지와 응원으로 교육사업비 중 집행잔액을 활용할 수 있었다.

또한 교육청 홈페이지에 탑재되는 소프트웨어의 신설이어서 전문적 지식이 필요한 부분이 있었다. 평소 가까이 지내던 전산직 공무원에게 도움을 요청했고, 바쁜 와중에도 흔쾌히 도움을 준 그가 지금도 기억난다. 너무 감사하고 고마운 일이다. 나의 기획과 응원해 준 분들이 있었기에 가능한 일이었다.

또한 '전·입학 알리미' 이전에는 학교에서 매월 말일자 학생 수를 공문으로 보고 받았다. 그 자료에 기반해서 교육청 담당자는 전·입학 허용 인원을 계산하여 결재받고, 담당자가 보관했다.

학교에서는 보고하느라 고생하고, 담당자는 매월 수

행하는 취합 업무가 막대했다. '전·입학 알리미'와 함께 학생 수에 대한 보고와 취합 업무가 사라지게 되었다.

이러한 이유로 감축된 행정업무량을 계산해본 적은 없으나, 이후 교육지원청을 통해 중학교까지 확대 파급된 점을 고려하면 그 규모가 상당할 것이다.

투명한 행정 처리로 전·입학 관련 청탁의 완전한 근절, 학부모와 학생의 전·입학 편의 제공, 학교와 교육청의 행정업무 절감, 지금까지 유지되고 있다는 점 등에서 혁신적 성과이며, 개인적으로 자부심이 큰일이었다.

사실 전·입학 알리미 도입 초기에는 업무개선 욕심이 훨씬 더 있었다. 전·입학 처리 과정은 학부모가 주거지를 옮기면서 시작된다. 교육청에 전화해 전·입학할 학교에 대해서 상담한다.

담당자는 '시내 일반고는 교육감이 배정하고, 특수지 고등학교는 학교장이 입학 여부를 결정한다'라고 안내한다. 그러면서 시내 일반고 배정을 받으려면 교육청을 방문해 원서를 작성하라고 한다.

현재는 교육청 홈페이지에서 정원에 여유가 있는 학교를 선택하여 원서를 작성하여 방문하면 된다. 그러나 전·입학 알리미 이전에는 옮겨갈 주소가 속해있는 학교군의 학교 중에서 3개의 희망교를 적어와야 한다.

학부모의 교육청 방문 후 담당자가 정원에 여유가 있는 학교에 학생을 배정한다. 학부모는 교육청에서 발급한 배정통지서를 배정받은 학교에 제출하면서 상담과 등록을 진행한다.

교육청 담당자는 전·입학 대장을 작성하고, 전·입학 처리 공문을 이전 학교와 옮겨갈 학교로 시행한다. 학교 담당자는 공문에 근거하여 학생의 생활기록부 등을 전학할 학교로 이송한다.

나는 이러한 업무를 대폭 개선하고 싶었다. 우선 학부모가 교육청에 방문할 필요가 없었으면 좋겠다. 원서작성과 학교 배정통지서를 받기 위해 교육청에 오는데, 교육청 홈페이지에서 이러한 업무가 완료되면 방문이 필요 없다.

또한 전·입학 대장도 교육청 홈페이지에서 자동으로 처리하고 싶었다. 학부모는 집에서 배정통지서를 출력하여 옮겨갈 학교를 바로 방문했으면 좋겠다.

지금의 전·입학 처리 시스템은 10년 전이나 별 차이가 없는 듯하다. 내 생각을 당시에 제대로 구현하지 못한 데는 이유가 있었다. 교육청 홈페이지의 보안이 현재처럼 완벽하지 못했기 때문이다.

업무담당자가 관심만 있다면 충분히 내 생각을 구현해 낼 수 있으리라 확신한다. 그러나 업무담당자가 자주 바뀌고, 공무원은 대체로 변화를 싫어하므로 쉬운 일이 아니다.

더욱이 새로운 시스템을 제안하고 고안하기는 더 어렵다. 업무담당자의 상황에서 보면 현재의 업무처리도 너무 바쁘고 힘들기 때문이다. 개인적으로 아쉬운 마음은 크지만, 현재의 나로서는 어찌할 도리가 없는 부분이다.

나는 사측 간사, 최후의 연결통로였다

힘겨운 노무 업무 2년, 소통과 공감의 중요성을 체득하기에 충분한 시간이었다. 매주 수요일에 열리는 단체교섭에서 교육청을 대표하는 사측 간사였다.

관점을 달리하는 노측과 힘겨운 교섭 자리가 끝나면 술을 마시지 않을 수 없었다. 압박감과 스트레스를 해소하기 위해 가능한 모든 방법을 동원했고, 마침내 주어진 소임을 마쳤다.

소통과 공감을 잘한다는 의미는 잘 참아낸다는 뜻과도 통한다. 소통, 공감 능력이 뛰어난 사람은 협력을 잘한다. 소통은 막히지 아니하고 잘 통하며, 뜻이 서로 통하여 오해가 없음을 말한다.

공감은 남의 감정, 의견, 주장 따위에 대하여 자기도 그렇다고 느낌 또는 느끼는 기분을 말한다. 이러한 사전적 의미에도 불구하고 소통과 공감을 자기 나름대로 해석하는 공무원들도 있다.

과거 권위주의 시대에 공직을 시작한 나도 소통과 공감이란 것에 대해 진지하게 고민해본 적이 없었다. 노무 업무 수행 이전까지 그랬다.

그러나 학교 등 교육기관에 종사하는 근로자들의 대표, 즉 노동조합을 상대하면서 관점을 달리 가지기 시작했다. 사용자 입장 단편의 시각으로는 교육청 간사로서 원활한 업무 수행이 불가능한 현실을 인지했기 때문이다.

매주 수요일 오후 시간에 계속된 노동조합 측과의 단체교섭은 많은 것을 고민하게 했다. 저들의 불평과 불만을 어찌할 것인가? 매일 외치는 저들의 목소리를 들으면서 공무원인 나는 현기증을 느꼈다. 내가 아무리 성격이 좋다고 해도 끝까지 참아낼 수 있을지 자신이 없었다.

5월 어느 날 교섭을 시작하면서 분위기가 이상해졌

다. 노사 양측에서는 막말과 고성이 오갔다. 길 가다가 심장이 멎을 거라는 등 간사인 나를 향한 저주의 말도 쏟아냈다.

사업부서의 입장 전달 과정에서 노조의 요구를 충분히 반영하지 않았다는 이유에서였다. 나는 교섭 중단을 선언하였다.

재개한 교섭에서 말했다. 아무리 분위기가 마음에 안 들어도 개인 신상 비하나 욕설은 하지 말 것을 부탁했다.

향후 이러한 사태가 재발한다면 간사로서 역할을 포기하겠다. 오직 사측의 전령 노릇만 하겠노라고.

교섭을 이끌어가면서 공인노무사와 둘이서 감당하는 압박감은 참고 견디기 힘들 정도였다. 팀장님이나 과장님은 '수고했다'라는 말 한마디로 정리했다.

노무사와 내가 얼마나 스트레스에 시달리는지 관심이 없었다. 오로지 우리 둘의 문제였을 뿐이다. 관리자는 교섭 결과가 궁금했고, 향후 일정에 본인들의 참여 여부만이 중요한 문제였다.

관리자들이 교섭장에 들어갔다 나오면 그 무거운 분위기를 비로소 체감한다. '두 번 다시는 조합대표들과 마주하고 싶지 않다.'라고 여러분이 말하곤 했다. 매일 봐야 하는 간사인 나는 어쩌라고.

교섭을 마치고 나면 술을 마시지 않을 수 없었다,

공인노무사와 교섭 과정을 되짚고 평가도 하고 대응 전략도 논의했다. 주말이면 산으로 들로 뛰어다녔다. 푸르름으로 눈도 마음도 깨끗하게 정화하고 다음 주를 맞이하려 노력했다.

노조와의 관계 설정에 있어서 그들의 적이 아니라고 스스로 다짐했다. 그들의 행태를 '나의 지인이나 가족들이 학교 근로자로 일할 수 있다'라고도 생각하며 이해하려고 했다. 그래서 근로자 입장에 서서 교섭 요구 사항을 검토하고자 노력하였다.

교육청 간사로서 나는 최후의 연결통로라고 자임했다. 단체교섭이 정점에 이르거나 전국적 사안이 발생하면 근로자들이 교육청을 점거한다. 2박 3일 동안 주야로 단체교섭을 이어간 상황이 한 해에 두 번이나 있었다. 또한 불시의 집회·시위·기자회견 등도 자주 있다.

이렇게 노동조합과 교육청 간에 문제들이 심하게 꼬이고 틀어져 대화가 단절되는 상황에서도, 마지막 연결고리가 존재해야 한다. 이 역할은 사측에서는 간사인 나만이 가능했다. 어떤 경우에도 먼저 흥분하거나 그들을 자극 또는 비난하지 않으려는 이유다.

반면 단체교섭 전에 노조의 분과별 대표와 협의하는 자리에서는 전면에 나서는 일을 주저하지 않았다. 사업부서와 근로자 간 만남을 주선하고, 때로는 현안에 대한 세부 검토도 함께했다. 그러나 정기적인 단체교섭 자리에서만큼은 강경한 발언을 자제했다.

내부에서는 사전 협의를 통하여 노측 상대 요령, 단체교섭장에서 대응하는 방법 등을 노무사와 함께 조율해 나갔다. 그러나 교섭장에서는 노동조합 측의 의견을 잘 듣고 사업부서에서 최대한 수용할 수 있도록 사측을 설득하기도 했다.

노측과 대화에서 유의할 사항을 정리하여 전달, 공유하기도 했다. 노측의 요구사항 중 답변이 곤란한 경우, 검토 시간 확보를 위해 즉답 피하기, 수용 곤란한 사항은 규정 등 확실한 근거 제시하기, 해결이 곤란할 경우 타 시도 상황과 연계하여 분석· 설명하기 등이다.

2년간 매주 수요일의 단체교섭으로 마침내 단체협약을 체결했다. 12월 말에 협약을 체결하고 다음 해 1월 1일 자로 다른 기관 발령을 받았다. 한 해를 깔끔하게 마무리하면서 새로운 임지에서 새로운 업무를 시작한다는 기분은 매우 만족스러웠다.

단체교섭 간사로서 충실한 역할, 압박감을 이겨내기 위해 다양한 활동, 부서 팀원과 동료들의 적극적인 도움으로 힘든 노무 업무를 잘 견디어냈고, 무사히 종료할 수 있어서 감사하다.

‘우리만은 안 된다’라던 치열한 논쟁과 조정

산업안전보건법이 학교 등 교육기관에 적용되면서 가장 뜨겁고 치열하게 대립했던 이슈는 현장의 산업안전과 보건을 관장하는 관리감독자의 지정이었다.

타 시·도의 혼란이 지속되는 가운데, 협의체 ‘다람’을 구성, 운영하여 집단지성의 힘으로 난제를 해소했다. 집단지성은 우리 시대 최고의 문제해결책임을 다시 확인했다.

산업안전보건법이 제정되고 시행되면서 새로운 부서가 만들어졌고, 나도 그 팀에 합류했다. 새로운 업무가 부여되었다. 즉 학교에 관리감독자 지정이 필요했는데, 전혀 진도가 나가지 않았고, 향후 과제로 인수인계를 받았다.

이미 서울과 경기도에서 지정업무를 추진 중이었다. 서울에서는 교장을 관리감독자로 지정하고, 그들을 대상으로 한 직무연수에서 집단으로 퇴장한 사건이 언론에 보도되었다. 관리감독자의 막대한 책무와 부담에도 불구하고 교육청이 일방적으로 강요했다는 이유였다.

또한 경기도교육청에서는 조례로 관리감독자를 학교장 등으로 지정한다고 규정해 놓고, 반발이 심하게 일어나자, 실제 학교의 업무 수행을 위해 영양사와 행정실장 등을 분임 관리감독자란 명칭을 새롭게 도입하면서 혼란이 지속되었다.

인천교육청도 관리감독자를 어떻게 지정할 것인가에 대한 고민이 깊었다. 부서 신설 후 업무담당자인 나는 당황했다. 1.1.자 발령으로 업무를 시작했는데, 그해 1.16.자로 전부 개정된 법이 시행되기 때문이었다. 학교가 법 적용 대상으로 명시되면서 산업안전보건위원회 구성, 관리감독자 지정 등이 반드시 시행되어야 하는 상황이 된 것이다.

내가 선택한 방법은 집단지성을 활용하자는 것이었

다. 학교 관계자들로 협의체를 구성하고 토론과 논의를 통해 자연스럽게 관리감독자를 지정할 작정이었다.

'다람'이란 신조어를 창안했다. '다름을 인정하는 안전보건 아람'의 줄인 말이다. 아람은 밤이나 상수리 따위가 충분히 익어 저절로 떨어질 정도가 된 상태 또는 그런 열매를 의미한다.

아무도 관리감독자를 맡지 않겠다는 상황에서 '출발점은 서로 다른 영역 간의 존중하는 마음이다'라고 생각했다. 영양교사, 행정실장, 교장 등은 업무와 책무가 너무도 다르다. 그러나 현안 해결을 위해서는 서로의 존재를 인정해야만 했다.

'다람'의 구성원을 어떻게 할 것인가? 팀장님과 과장님에게 전교조, 교총, 교장·교감 자율 장학협의회, 일반직과 근로자 노동조합, 행정실장 협의회, 영양 교과협회 등에 구성원 추천을 받을 것을 제안했다.

그 결과, 16명의 추천을 받을 수 있었다. 총 다섯 번의 힘겨운 난상토론을 가졌으며, 그 과정에서 서로의 다른 입장과 주장을 경청하게 했다. 이미 서울과 경기도의 논란이 있어서 영양교사와 교장 등은 참여 자체를 달가워하지 않았으나, 전교조 등 다른 단체들이 적극적으로 참여하는 상황이라 그들도 어쩔 수 없이 참여했다.

TF나 학습동아리 등은 보통 자체 설명회를 개최

하면서 시작한다. 그러나 사안이 워낙 엄중하고 이해관계의 충돌이 폭발 직전이라 신중하게 접근했다. 처음 만나자마자 논의를 시작하기에는 여러모로 부담스러웠고, 아예 모임 자체를 꺼리는 분들도 있었다.

그래서 외부 강사를 초빙하여 산업안전보건 법령에 대한 연수를 먼저 갖자고 부서 내에서 팀장님, 과장님 등과 협의했다. 협의체 구성원들이 새로 시행되는 법이 무엇이고, 왜 학교에 도입했으며, 어떤 일을 해야 하는지 등 전반적인 연찬의 기회가 필요했다.

두 번에 걸쳐 공인노무사의 법령 해설과 사례 중심의 강의를 추진했다. 협의체를 여러 분야에서 수십 회 진행했지만, 강사 초빙 연수로 시작하는 협의체 운영은 처음이었다.

이런 과정을 통해 구성원들은 관리감독자 지정의 필요성을 모두 알게 되었다. 세 번째 모임에서 비로소 논의를 시작했다. 대표성이 부여된 구성원들은 자신들이 속한 단체의 상황을 대변하느라 진땀을 뺐다. 결과적으로 '관리감독자 지정이 필요하고, 교육청 상황을 이해하지만, 우리만은 안 된다.'라는 논리였다.

각 위원이 속한 단체에서 수렴한 의견과 토론 결과를 요약 정리하여 제출받았다. 이 취합 자료를 가지고 네 번째 협의를 진행했으나, 합의를 끌어낼 수는 없었다.

마지막 모임에서 전교조, 영양 교과협회, 행정실장,

교감, 교장 등 각자의 입장을 명확히 정리함으로써 모임을 일단락했다. 이렇게 하여 교장대표를 제외한 구성원의 공통적인 입장이 도출되었다. 관리감독자는 교장으로 지정하되, 교장이 직접 실무를 처리할 수 없으니 업무담당자로 영양교사(영양사)와 행정실장을 명하자는 것이다.

이 결과를 국장에게 보고했다. 그러면서 담당 부서의 입장을 구두로 말씀드렸다. '교장을 관리감독자로 지정하자는 의견에 대해 교장단이 반대하고 있으며, 해소를 위해서 전체 교직원의 의견수렴이 불가피하다. 설문조사 형식으로 진행하려 한다.'라며, 추진 일정을 내밀었다.

장학사와 장학관, 교장과 교육장을 역임한 국장님은 역시 판단이 빨랐다. '국장과 교장단 면담을 추진하여 그들에게 협의 결과를 설명하면서 합의를 해보겠다.'라고 말씀하셨다

이어진 초등과 중등 교장단과 국장이 한 자리에 모여 30분간의 면담을 하게 되었고, 그 자리에서 몇 년씩이나 해소되지 못했던 인천교육청의 관리감독자 지정 문제가 해소되었다.

집단지성을 활용한 난제의 해결이다. 나는 학생 배치 등 다른 업무에서 이미 여러 번 문제를 해소하기 위해 협의체를 만들고 활동한 경험이 있었다. 신설된

산업안전보건 분야에서 집단지성의 위대함을 다시 한 번 확인하였다.

NO! 말로만 교육 가족, 진심은 통한다

사사건건 노동조합과의 마찰 속에서 업무를 해야 하는 산업안전보건팀, 현안 해소를 위해 그들의 편에서 마음을 다한 모습을 보여줬다.

역시 진심은 통한다. 이후 일사천리로 문제들이 해소된다.

2020년 신설 부서 발령, 법령 시행에 따른 과제들은 무엇이고 어떻게 처리해야 할까? 정책기획조정관의 다른 부서에 소속되어 산업안전보건 업무를 했던 전임자는 인수인계서에서 당장 처리해야 할 과제를 적어 주기는 했다. 근로자 교육 등 업무추진에 필요한 예산도 일부는 편성되어 있었다.

그러나 행정을 해온 나와, 학교 신설 등의 업무를 주로 해온 팀장님은 산업안전보건에 대한 개념이 매우 낯설었다. 기업에서 산업안전 또는 보건관리 분야에서 종사한 경력으로 입사한 임기제 공무원들도 비슷했다. 그들은 공무원 시스템이 처음이고, 부서까지 신설된 곳에 배치받았으니 얼마나 마음이 무거웠을까.

산업안전보건 팀을 신설한 이유는 1년 전에 전부 개정된 산업안전보건법이 시행을 앞두고 있기 때문이었다. 2019년 1월에 개정되어 1년 후인 2020년 1월부터 학교에도 산업안전보건법이 적용된 것이다. 학교는 원칙적으로 법 적용 대상이 아니나, 급식소 등의 현업업무종사자는 법을 준수하도록 했다.

현업업무종사자는 누구를 지칭하는 지도 2020. 1월에야 고용노동부의 고시로 정해졌고, 교육청에서도 대상 인원을 추정할 수 있었다. 조리실무사, 시설관리 교직원, 당직 및 청소 근로자, 통학 차량 운전자와 보조원 등 7천여 명이었다.

이 외에도 산안안전보건 위원회의 구성과 운영, 관

리감독자의 지정, 현업업무종사자에 대한 산업안전보건 교육, 안전보건관리규정의 작성, 산업안전보건 기본계획 수립, 산업재해에 대한 통계분석, 학교의 산업안전보건에 대한 지도점검 등 법령에서 정한 업무는 차고 넘쳤다.

문제는 교육청에서 일방적으로 추진할 수 있는 사안이 없었다. 근로자 노동조합 등과 하나하나 협의하면서 추진해야 한다. 법령의 전부개정 취지도 그렇지만, 거의 모든 사안이 산업안전보건위원회의 심의를 받아야 하고, 그 위원회는 노측과 사측이 같은 수의 위원으로 구성하도록 규정했기 때문이다.

가장 어려웠던 사례 중 하나는 근로자 법정 교육과 관련된 이슈였다. 근로자는 분기별 6시간, 연간 총 24시간의 안전보건교육을 정기적으로 이수해야 했다. 그런데 근로자 대표 측에서 '분기별로 시행하는 근로자 안전보건교육은 교육청 주관 집체교육으로 시행한다고 이전부터 교육청과 약속했다.'라고 주장했다. 전임 담당자, 팀장님 등에게 확인한 결과 사실이었다.

코로나19 바이러스의 급속한 전염과 사회적 공포감이 확대되면서 교육청의 대면 교육 추진은 불가능한 상황이었다.

그러나 교육청은 법령 준수를 위해 분기별 교육을 추진해야 했다. 대안이 별로 없었다. 인터넷 원격교육이외 뾰족한 방법이 없었는데, 근로자 대표는 오직 집체교육만을 주장하였다.

근로자 대표 측은 노조원들을 동원하여 여러 차례의 과장, 국장 등의 면담과 집회 등으로 압박을 가해왔다. 사실 그들의 이미 알고 있었다.

코로나19로 집체교육이 불가능한 현실을 모를 리 없었다. 인터넷 원격교육이 불가피하나, 교육 시간에 대한 대가 즉, 교육비 지급에 관심이 큰 그들은 막무가내였다. 이유는 전년도 집체교육으로 시간당 1.5배의 교육비를 이미 받았기 때문이다.

공무원들과 교원에게는 인터넷 원격교육을 받는 경우 일반적으로 교육비를 주지 않는다. 당연히 부서 내 관리자들은 교육비를 줄 수 없다고 확신했기 때문에 노동조합 측과 줄다리기가 계속되었다. 내가 개입하기 전까지 말이다.

2020년 상반기에는 산업안전보건 정기교육 준비도 안 되어 있었다. 담당 직원은 공직 생활이 처음이고, 매사 신중한 성격으로 업무추진에 다소 느슨한 성향이 있었기 때문이다.

그러면서 자연스럽게 정기교육애 대한 법령 준수를 위해 교육비 지급 논란을 포함하여 팀의 차석인 내가 개입하게 되었다.

업무처리 중 현안이 발생하면, 가장 먼저 고려하는

부분이 부서 간 협력이다. 특히 노조 업무는 더욱 그렇다. 노조에 대한 전문적 지식이 없는 부서에서 아무리 지혜를 모아 결정한다 해도 결재권자는 부담을 느낀다.

다양한 정보검색도 중요하다. 근로자에게 교육비를 줄 수 있는지에 대한 법령, 고용노동부의 업무 지침, 질의응답서 등 광범위한 자료 분석에 공을 들였다.

그래서 근로자에게 교육을 시행한 경우, 교육비는 당연히 지급해야 함을 알게 되었다. 이어서 보고서 작성과 결재권자 설득에 돌입하였다.

과정은 험난했다. 고성과 막말이 오고 간 근로자 대표 측과 5회의 사전 협의, 산업안전보건위원회에서 노측 위원의 강력한 문제 제기, 노사협력과와 두 차례에 걸쳐 공문이 오갔고, 오프라인 토론도 여러 번 진행했다.

핵심적인 문제는 인터넷 원격교육에 대한 교육비 지급이었다. 현재까지 교육청에서는 사례가 없었고, 검토자인 과장님, 국장님의 걱정이 매우 컸다.

노사협력과도 처음에는 난색을 표명했으나, 마침내는 우리 과에서 받고 싶은 의견으로 적어 주었다. 즉 '교육비 지급 여부는 담당 부서에서 고용노동부 유권해석 등을 고려하여 자체적 판단이 가능하다.'라는 것이다.

근로자에게 의무교육을 시행하면 교육비를 지급한다

는 고용노동부의 질의회신 자료를 찾아냈다. 이러한 자료를 숙지하면서 교육청 공인노무사에게 자문을 의뢰하기도 했다.

이러한 노력 결과, 고용노동부는 교육 방법, 즉 집체교육이냐, 인터넷 원격교육이냐에 따라서 교육비 지급 여부를 결정하지 않았다는 사실을 알았다.

'교육비는 주어야 하는데, 인터넷 원격교육비는 안 된다.' 이는 지극히 공무원다운 주장이다. 공무원에게 인터넷 원격교육비를 주지 않는 것이 잘못이란 생각을 하지 못했다. 그동안의 관례에 익숙하기 때문이다. 물론 지금도 공무원은 인터넷 원격교육비를 받지 못한다.

나는 공무원과 다른 근로자의 관점으로 현안을 바라보았다. 그 결과, 교육청에서 인터넷 원격교육도 교육비를 지급할 수 있도록 근거를 확립했다.

그들의 편에서 바라보고 그들의 근로 여건을 조금이라도 개선해야겠다는 신념이 있었기에 가능한 일이었다. 현재는 전국 시·도 거의 모든 교육청에서 인터넷 원격교육비를 지급하고 있다.

산업안전보건위원회 구성과 관련하여 그들의 편에서서 처리한 일화다. 교육청은 전담부서가 신설되기 전인 2019년도에, 전부 개정된 산업안전보건 법령의 시행 예고로 산업안전보건위원회의 구성 노력이 있었다. 그러나 몇 가지 중차대한 문제에 직면하여 앞으로 나아가지 못하고 있었다.

첫째는 사측 대표를 교육감으로 해달라는 요구를 수용하지 못했다. 산업안전보건 책임자로 국장을 선임했으니 사용자 대표도 국장으로 한다는 교육청과의 견해 차이를 좁히지 못했다.

두 번째 문제는 근로자 대표 선출이었다. 급식소 종사자를 대상으로 전년도 8월에 선거를 시행하여 전국학교 비정규직노동조합 인천지부장을 대표로 선출하였다.

그러나 법령의 전부개정으로 법 적용대상자가 대폭 확대되면서 대표성에 대한 논란이 있었다.

나는 산업안전보건위원회를 인사발령 3개월 만에 구성 완료했고, 두 번째 분기부터 정상적으로 운영했다. 문제점을 해소해 가는 과정 자체가 근로자 대표 측에서서 일한 사례다.

교육감을 사용자 대표로 지정하는 문제는 두 가지 의견을 제시하면서 정리했다. 첫 번째는 타 시·도 교육청의 고용노동부 질의회신 자료였고, 두 번째는 회의 운영 방식에 대한 협의였다.

다른 교육청에서 전년도 12월에 질의를 해서 회신받았던 자료인데, 산업안전보건위원회의 사측 대표는 교육감이어야 한다는 것이었다. 근거가 명확하니 윗분들과 보좌진에서 이견이 없었다.

회의 운영 방식에 대해서 사측과 노측 대표 모두 직무대리를 통해 운영하자고 제안했다. 이에 따라 교육감을 사측 대표로 선임하였으나, 첫 상견례 회의에만 참여하고 다음 분기부터는 국장이 직무대리로 참여하였다.

근로자 대표 측도 전년도 8월에 선출된 OO 지부장이 12월 말에 다른 사람으로 교체된 상황이며, 1월부터 법령이 시행됨에 따라 확대된 현업업무종사자를 대상으로 선거를 시행하여 새로운 대표를 선출해야 했다.

그러나 적지 않은 선거 경비와 인력을 투입하여 투표한다고 해도 전체 근로자의 다수를 차지하고 있는 전국학교 비정규직노동조합 인천지부장이 새로운 대표로 선출될 것은 명확했다.

그래서 그간 경험이 있었던 행정절차법의 행정예고를 통해 대표성 검증을 하고, 직무대리도 적용하자고 노측에 제안했다.

행정예고의 도입을 통한 대표성 검증에 대해서도 감독관청의 의견을 구했다. 지방고용노동청을 방문하여 이러한 방식의 근로자 대표 선출에 문제가 없느냐고 물었다.

산업안전보건위원회 구성과 관련된 근로자 대표의 선출 방식이 선거냐 아니냐에 대해서는 개입하지 않고, 선출 과정이 증빙만 되면 어떤 방법도 가능하다는 답변을 들었다.

그래서 나는 행정예고라는 제도를 통하여 근로자 대표를 확정했다. 이후 일부 시·도교육청에서는 인천 사례를 업무에 참고하겠다며 물어오기도 했다.

분기별로 운영해야 하는 산업안전보건위원회를 코로나19 바이러스 감염 우려로 대면 회의를 개최하기 어려웠던 시기에 서면으로 대체하자고 협의했을 때, 근로자 대표 측은 내가 부탁한 것이라서 차마 거절하지 못하겠다고 말하기도 했다.

이처럼 시시때때로 나는 노측의 편에 서서 업무를 바라보고자 노력했다. 그 결과 근로자 대표나 노동조합 지부장들은 나를 신뢰해준다.

또한 어쩌다 하는 부탁도 잘 들어주는 편이어서 노무 업무를 수행하는 동안 큰 사건 사고 없이 원만하게 마무리할 수 있었다.

교육청의 노무 업무, 산업안전보건 업무를 벗어나 학교에서 근무하고 있는 현재까지도 감사한 마음을 가지고 있다.

개원 15년 만에 처음으로

때로는 과감한 추진력이 필요하다. 교직원수련원 개원 15년 만에 객실에 수건을 처음으로 지급하였다. 또한, 모두가 곤란해하던 혈흔에 의한 변상금 부과 제도를 개선하였다.

성공하는 주무관이 되려면 언제 어디서나 업무 개선에 주저하지 않는 용기가 필요하다.

2019년 내 희망과 전혀 상관없이 갑작스럽게 교직원수련원 과장으로 인사발령이 났다. 전혀 생각하지 않은 사태였다.

승진 시험에서 3진 아웃의 고배를 마신 이후 학교나 사업소로 나가지 않고, 본청 근무를 통해 마지막 시험을 기다렸는데, 발령이 나버렸다.

공무원 세계도 사람들의 세계인지라 매사 불평불만을 표출하는 사람이 있다. 나도 별반 차이는 없다. 그러나 인사발령 등이 공고된 다음에는 불평을 표출해도 아무것도 변하지 않는다.

오랜 기간의 본청 근무를 통해 이미 알고 있었다. 결과적으로 총무과에 나에 대한 인식만 나빠진다. 나는 꿀 먹은 벙어리가 된 채로 발령지로 떠났다.

교직원수련원의 근무 여건은 나쁘지도 좋지도 않은 그만그만한 수준이었다. 초기 한 달은 분위기 파악, 2월부터 수련원의 업무개선을 위해 기존 자료들을 검토, 계획서를 만들고 보고와 함께 직원들의 교육을 이어갔다.

교직원수련원 개원 이후 불변의 진리처럼 계속 운영되어온 여러 제도를 정비했다.

개원 15년이 되도록 시도조차 없었던 객실 수건 비치, 변상금 제도개선, 청소 근로자 반장 제도의 폐지와 당번 운영 등을 추진했다.

특히 수건·샴푸·세숫비누 등 세면용품을 지급하지 않아 숙소 이용자의 불편이 크다는 지적에 착안하여 최근 3년 만족도 조사 결과를 분석하면서 교직원수련원의 단계별 발전계획을 수립했다.

이를 통해 즉시, 단기간, 중장기 개선사업 등을 마련하였다. 만족도 분석에 대한 언론 보도자료를 작성하여 교육청을 통해 뿌리기도 했다.

객실 수건 지급과 변상금 제도개선 과정을 간단하게 짚어본다.

1) 개인위생 용품(수건) 지급

출발점은 최근 3년 이용률 및 만족도 분석 결과다. 교직원수련원에서는 1년에 두 번씩 만족도 조사를 이어왔다. 그 조사는 '조사 결과가 이렇습니다'하는 내부 결재를 내고, 그때그때 필요한 조치를 하면서 문서고로 이송되었다.

본청에서 단련된 경력, 오랜 기간의 학생 배치업무로 분석과 검토서 작성 등에 익숙한 나는 지나간 만족도 조사 결과들을 묶어보았다. 최근 3년 현황을 펼쳐놓고 본 것이다. 그 과정에서 고객들로부터 매년 수건 지급 요구가 있었으나, 예산 확보 노력이 없었음을 알았다.

타 시·도 상황을 살펴보았다. 서울, 광주, 대전 등 7개의 수련원에서는 객실에 수건을 이미 지급하고 있었다. 부산, 대구, 울산 등 6개 기관은 인천처럼 수건을 지급하지 않음을 알았다. 관계부서 설득과 이해만 있다면 교직원수련원도 충분히 수건 지급이 가능했다.

문제는 고객 요구에도 불구하고 수건 등은 개인이 가지고 다녀야 하는 위생용품이라는 고정관념이 인천의 공무원들에게 깊이 자리하고 있다는 것이었다. 더욱이 이용료가 매우 저렴하니까 개인위생 용품의 미지급은 문제가 전혀 없다는 것이다.

특히, 본청 예산담당자에게 처음 상담하러 갔을 때, 열정적으로 나에게 강요하다시피 말하던 모습이 지금까지도 선명하다. 그런데, 어이없게도 초기 소요 예산은 단돈 1천4백만 원이었다. 후일담이지만, 시의회에서 추경예산 심사를 하던 모 의원은 '교육청에 단돈 1천4백만 원이 없어서 그동안 객실에 수건을 비치 안 한 것이냐'라는 핀잔을 주었다.

교직원수련원 동료, 원장님 등과 객실 수건 지급 건에 대한 논의를 진행하면서 어떻게 해야 효율적으로 이 업무를 추진할 수 있을까? 고민이 많았다. 그 결과로 최근 3년 이용률 및 만족도 분석을 고안해 냈다.

만족도 조사 분석 결과를 바탕으로 교직원수련원의 단계별 발전방안을 제시했다.

즉시 추진	단기간 추진	중장기 추진
	객실 세면도구 비치	

교직원수련원의 중장기 발전방안 보도자료를 작성하여 언론사에 배포하면서, 객실 세면도구 비치 등 수건 지급의 타당성을 밝혔다.

교육청 예산 확보를 위해 예산팀과 정책보좌관에게 협의 시 언론에 이미 보도된 자료를 가지고 설명했다.

본청 예산담당자는 결정되지 않은 사안을 신문에 보도하여 교육청을 압박하는 것은 바람직하지 않다고 말했다.

반면 정책보좌관은 일선 기관의 노력에 대해 지지한다고 했다. 같은 사안임에도 이렇게 상반된 의견이었다. 물론, 내가 예산팀 담당자였어도 비슷한 입장이긴 했을 것이다.

한편으로는 교직원수련원을 이용하는 수요자 입장, 즉 이용자의 편의 제공을 위한 수건 지급이라는 측면에서 바라본다면, 좀 더 적극적이고 긍정적인 대화를 할 수 있었을 것이다.

이러한 우여곡절 후, 교육비 특별회계 추경에 세면용품 지급비를 계상하였고, 시의회의 승인으로 마침내 그해 8월부터 수건을 비치하였다. 이용자들로부터 많은 응원과 지지의 메시지를 받았다.

나와 교직원수련원 식구들의 적극적인 노력으로 2005년 개원 이후 처음으로, 무려 15년 가까이 지난 뒤 객실에 수건을 지급하게 되었다.

교직원수련원에서 1년 근무하고 다시 본청으로 자리를 옮겼지만, 지금까지도 객실에는 수건이 지급되고 있다.

수건 지급으로 객실 청소를 담당하는 근로자의 노고가 늘어났다. 교직원수련원 직원이 직접 객실마다 수건을 배치하는 업무에 도움을 주고는 있으나, 사용한 수건을 수집하여 세탁하고 정리하는 등 추가 업무를 분담해야 하는 등으로 청소 근로자의 업무가 가중되었다.

이러한 불편을 감수한 직원과 청소 근로자 여러분에게 고맙다는 마음을 전하고 싶다.

2) 변상금 제도개선

최근 3년간 변상금 부과 현황을 살펴보고 제도개선의 필요성과 주목할 점이 무엇인지 궁리하기 시작했다. 궁극적인 목표는 교직원수련원 이용자의 불편 감소였다.

이용자들에게 컵, 그릇 등의 파손에 따른 변상을 요구한 때에는 이견이 없었다. 그러나 이불과 베개 덮개 등의 얼룩이 남아서 하는 변상 요구에는 반발도 있었고 기분도 나빠했다.

어느 날, 직원과 함께 통계자료를 보게 되었다. 3년 전체 변상금(1,781천원) 중 침구류 변상금액(1,373천원)이 80%에 가까웠고, 침구류 세부 내용은 요 카바,

이불 덮개, 베개 덮개였다. 이 중에서 요 카바 변상률이 가장 높았다.

요 카바 얼룩의 원인은 음식, 고기 기름도 있었지만, 아이들의 상처 또는 여성의 생리혈 등에 의한 혈흔도 있었다. 그래서 변상을 말하는 직원도, 변상을 요구받은 이용자도 마음이 불편할 때가 많았다.

얼룩이 자주 생기는 근본적인 원인은 하얀 색깔의 침구류 지급으로 작은 이물질도 쉽게 노출되는 문제가 가장 컸다.

징수된 변상금 총액도 그리 크지 않다. 변상금이 줄어든다 해도 교직원수련원의 운영에 전혀 지장이 없다.

논의과정에서 변상금은 물품을 아껴야 하고, 고의에 대한 책임을 져야 한다는 이유 등으로 정당한 제도라는 의견도 있었다.

수차에 걸친 협의를 바탕으로 변상금 개선방안을 마련했다. 주요 내용은 '혈흔 등에 대한 얼룩은 원칙적으로 변상금을 징수하지 않는다. 그러나 고의나 중대한 과실이 있는 경우, 변상금 부과와 수련원 사용정지까지 명할 수 있다. 흰색의 침구류는 차차 유색으로 교체한다'라는 것이었다.

이를 위해 교직원수련원 운영세칙에 3개월 또는 6개월 사용정지 규정을 신설하였다.

제도개선에 대한 내부 결재와 함께 인천의 교육행정 기관 전체를 대상으로 안내 공문을 시행했다. 교육청에 홍보자료를 배포하기도 했다.

당시를 돌이켜 보면, 어려운 여건 속에서도 자료 분석과 협의, 계획서 작성 등에 참여하고, 장애요인과 극복방안, 제도 개선안 등에 대해 훌륭한 의견을 제시해 준 직원들의 노고가 함께 있었기에 제도개선이 가능했다. 심심한 감사의 말씀을 전한다.

교직원수련원의 변상금 제도개선은 많은 지인으로부터 지지와 응원을 받았다. 지금까지도 행복하고 보람찼던 업무로 추억된다.

업무혁신으로 자존감의 유지

근무지가 어디든 개혁을 꿈꾸어야 자존감을 유지할 수 있다.

통학구역 대장 전산화에서 시작하여 인쇄물원가 계산의 직접 수행, 강화지역 일반고의 특별전형 비율 제한 등 업무를 끝없이 개선해왔다.

이런 노력이 행복의 한 방편이라 믿는다.

어찌어찌 지내다 보니 교육청 근무를 중심으로 공직 생활을 해왔고, 이제야 학교 행정실에서 근무하고 있다. 머나먼 타향에서 돌고 돌아 고향 집에 가까스로 돌아온 듯하다.

일반고등학교에서 근무하면서 바꾸고 변화시킬 것은 없는지 한동안 이리저리 살펴보았다. 역시 학교도 여전히 바꾸어야 할 일들이 산재함을 느꼈다.

예를 들자면, 재량휴업일 날 공립학교 행정실 직원 1명이 왜 출근하는지 모르겠다. 그렇게 지내왔으니까 그렇다고 한다. 내 관점으로는 이해가 안 된다. 교육 주체인 학생과 교원이 없는데, 휴교가 아니고 휴업이라서 그렇다고 한다.

행정실에 근무하는 실무사(근로자)는 단체협약으로 쉬고, 교원들은 모두 교육공무원법 제41조를 적용하여 연수 조치로 출근하지 않는다. 심지어 사립학교 행정실은 아예 열지 않는다고 공문으로 알려준다.

동부교육지원청에서 근무하던 30대 중반부터 업무에 대한 변혁을 시도하기 시작했다. 지금도 초등학교는 통학구역 대장이 있다. 어린아이가 자라서 입학 나이에 도달하거나 학생이 주소를 옮겨 갈 경우, 어느 초등학교로 취학 또는 입학할지 대상 학교를 정해주는 기준이다.

2000년경 학생 배치업무 발령을 받아 인수인계를

받을 당시, 인쇄비로 2백5십만 원이 편성되어 있었다. 교육청에서는 소액이지만 매년 인쇄비를 별도 편성하여 대장으로 관리했다.

일반 시민들은 통학구역 대장이란 것을 접할 기회가 거의 없었다. 주소를 옮겨가면 교육청에 전화하여 입학할 학교 또는 전학 갈 학교를 안내받았다. 나는 시민들의 삶과 밀접한 관련이 있는 통학구역 대장을 왜 공개하지 않지? 왜 비밀도 아닌데, 비밀처럼 관리할까? 등의 의문이 일었다.

팀장님에게 통학구역 대장을 우리 교육청 홈페이지에 파일 형태로 탑재하자고 제안했다. 그랬더니 팀장님은 "전산이나 컴퓨터에 무지한 네 힘으로 가능하겠느냐", 부정적인 어투를 넘어 가소롭다는 듯 말씀하셨다.

이후 평소 친분이 있던 전산직 공무원에게 내 의견을 제시했다. 초창기의 교육청 홈페이지 관리만으로도 어려운 상황이었지만, 그는 흔쾌히 도움을 주었다.

그래서 전국 최초로 통학구역 대장의 홈페이지 탑재가 이루어졌다. 돌이켜보면 조금 조잡한 형태였다. 통학구역 대장을 복사기로 스캔하여 그 파일을 홈페이지에 매달고, 학부모 등이 파일을 클릭하면 그 대장이 화면에 업로드되는 방식이었다.

아이디어 제공은 내가 했지만, 다른 직렬 지인의 협조와 함께 구현된 통학구역 대장을 보면서, 업무개선에 대한 쾌감을 처음으로 알게 되었다. '나도 무엇인가를 창안할 수 있다'라는 자신감도 얻었다.

본청 재무과에 근무하던 7급 때의 일이다. 교육청에서 물품 업무담당자로서 매우 바쁜 시절이었다. 내 전임자는 계약 담당 공무원으로서 본청 각 부서에서 요구한 엄청난 업무량에 지쳤다면서 발령받아 온 나에게 업무를 넘겨서 시원하다는 듯 인계했다.

그중에는 인쇄원가계산 업무도 있었다. 인수인계서에 인쇄조합 과장이 1주에 한 번씩 교육청에 방문하여 모의고사 시험지 등 인쇄원가계산을 해준다고 적어 주었다.

처음에는 그냥저냥 지나치다가 어느 날, 인쇄원가계산에 대한 자세한 설명을 요구했다. 몇 번 듣고 나자, 나도 할 수 있는 일이었다. 인쇄조합 과장이 해주는 원가계산이 적정한지 의문도 있었다. 그래서 얼마 지나지 않아 내가 직접 원가 계산서를 작성했다.

이렇게 되자 인쇄에 지출되던 비용이 대폭 줄어들게 되었다. 원가계산에 적용되던 각종 요율을 인쇄물에 따라 변경했다.

인쇄업자의 이윤이 30%에 육박한다는 사실을 인지하면서 계약금액도 조정했다. 조정 전에는 인쇄물 계약금액은 원가계산서 금액의 85%가 적정하다는 인쇄조합 과장의 주장을 반영했다.

공무원이 원가계산을 직접 한다는 말을 전해 들은 인쇄업자 중 한 분은 강력히 항의를 해왔다. '전임 공무원처럼 주어진 업무만 하면 되지, 왜 원가계산을 직접 하는 것이냐?'라는 것이었다.

그 말을 듣고, 한마디로 정리했다. "이런 일을 하라고 이 자리로 발령을 받은 것입니다"라고 했다. 사장님은 그러지 않았으면 좋겠다고 타이르듯 몇 마디 하다가, 내 주장이 계속되자 다짜고짜 화를 내고 돌아갔다.

이후 누구든 부수, 지질, 크기 등을 기재하면 자동으로 소요액이 산출되게 엑셀 양식을 고안했다. 시험지, 포스터, 책자 등 인쇄물의 형태에 따라 원가계산이 간편하게 계산될 수 있도록 했다.

본청에서 학생 배치업무를 다년간 수행하면서도 업무개선을 도모하는 데 주저하지 않았다.

강화지역 일반고등학교는 특별전형이란 제도가 있었다. 이 제도를 통하여 2010년경 사립인 강화의 모 고등학교에서는 기숙형 학교로 지정된 이후, 신입생 모집인원 102명 중에서 인천 거주 학생을 특별전형이란 명목으로 무려 82명을 모집했다.

이렇게 되자 일부 학부모와 다른 학교의 반발이 크게 일어났다. 인천 거주 우수한 학생이 강화지역에 유입되자 상대적으로 강화에 거주하는 학생들의 진학 등에 불이익이 따른다고 주장했다.

주변 일반고에서는 강화 거주 학생들의 외부 학교 진학이 불가능하므로 그들을 수용하고자 학급당 인원을 5명이나 상향했다. 불가피한 조치였다. 이로 따라 학부모와 학교장의 항의가 상당 기간 지속되었다.

학생 배치 업무담당자로서 이 사태의 원인 분석을 마치고, 관련 학교와 부서 등 관계자분들에게 강화지역 특별전형 비율을 정하지 않았기 때문이라고 설명했다.

향후 5년간의 강화지역 고등학교 입학 예정 학생들을 계산하여 적정한 특별전형 비율이 반영된 학생 배치계획을 마련했다. 학부모설명회, 관련 학교 출장 설명 등을 통하여 특별전형 비율의 제한에 대한 타당성을 관철해 나갔다.

무엇보다도 강화지역 학생들의 원활한 고등학교 진학이 우선되어야 한다는 명분을 앞세웠다. 그 결과, 2012년부터 강화지역 일반고에 인천 학생의 진학 비율을 정원의 19%로 제한하게 되었다. 그러면서 강화지역 일반고의 학급당 인원도 전년도 40명에서 35명으로 감축할 수 있었다.

서해5도에는 고등학교가 백령, 연평, 대청 등 3교가 있다. 지금은 인구감소 비율이 잠시 주춤한 상황이지만, 내가 업무를 수행하던 2011년은 심각한 상황이었다. 그래서 시내와 같은 학급당 인원으로 학급을 편성

할 경우, 서해5도의 어느 고등학교는 학급 수 감축이 불가피했다.

그래서 학급당 인원을 시내와 달리 20명을 적용하도록 기준을 바꾸었다. 도서 지역은 학교발전이 저해되면 지역도 덩달아 후퇴한다. 학교는 지역사회의 구심점이기도 하다. 학교 규모의 유지는 한편으로 지역발전의 핵심축을 유지한 것이라고 본다. 오지랖 넓게 교육청 담당자가 지역발전까지 걱정하냐고 물을 수 있다.

나는 답할 수 있다. 교육도 지역이 살아야 존재한다. 지역이 발전해야 주민이 남고, 학교도 존재한다. 그 지역에 기대어 교직원도 살아간다. 그러므로 지역발전도 중요하다.

2010년까지 학급편성 확정을 1월 말에 공문으로 시행했다. 학급편성 확정 시기는 학교의 교육과정 준비에 민감하게 작용한다. 학교에서는 학급과 학생 수가 확정되어야 교육계획을 확정하고, 교과서 수급, 담당교사 배치 등을 준비한다.

이런 면을 고려하면, 단 며칠이라도 앞당겨서 학급을 확정하는 것은 교육청에서 마땅히 해야 할 일이다. 그래서 전년도 1월 29일에 확정한 학급 수를 1월 6일에 확정 통보했다. 무려 23일을 당겼다.

그렇게 함으로써 일선 교육 현장에서 학기 시작 준

비에 여유를 가지도록 개선했다. 학급 확정 시기를 앞당기면서 제시한 학사 운영 원활이라는 명분 때문에 결재과정에서 누구도 반박하지 않았다.

나는 어디에서 근무하던 변화와 혁신을 꿈꾸어왔다. 현재 인천교육청 홈페이지에서도 성과를 확인할 수 있다. 전·입학 알리미, 물품 관리전환 소요 조회 등이다.

왜 이렇게 끝없이 노력해왔을까? 언제인지 모르지만, 교육청에서 근무하던 어느 날, 한 후배가 물었다.

"왜 계속 교육청에서 근무하시나요? 승진에 실패하고 마음도 몸도 힘에 부칠 건데요"

망설임 없이 바로 대답했다. "승진도 중요하다. 그러나 승진은 이미 지나가 버렸다. 이제 남은 것은 자존감이다. 일을 통한 나의 성취감도 중요하다. 업무성과를 통해서 느끼는 행복감, 그것이 본청에 근무하는 이유다"

업무 말고 뭘 또 하라고?

자발적인 동아리 활동은 활력을 준다. 공직 생활 내내 이어온 동아리를 통해 사람을 모으고 집단지성을 발휘하면 어떤 문제든 해결할 수 있다는 것을 경험했다.

참여자의 문제 해결 의지와 주최 측의 표출된 갈등에 대한 조정 능력, 성과에 대한 보상 등은 우수한 동아리를 만들어 갈 수 있는 동력이다. 이러한 활동을 계속해야 공무원 세계에서 만족도를 높일 수 있다.

공직사회에서 말하는 혁신 TF, 협의체, 학습공동체 등은 모두 동아리를 지칭한다. 나는 다른 분들보다 동아리 활동을 훨씬 많이 주도했다. 물론 대부분의 활동에 자발적으로 참여했다. 누군가 간섭을 하거나 하면 왠지 모를 거부감이 앞선다.

교육청의 경우 동아리는 TF라는 이름으로 추진되는 경우가 많다. 산업안전보건 팀에서 근무한 첫해는 '다람'(2020년), 두 번째 해는 '도담'(2021년)이란 협의체를 구성하여 갈등 해소와 업무개선 방안을 도출하였다.

노무팀에서도 1년 차에는 노무 지식 나누미(2017년), 2년 차에는 노무관리 TF(2018년)를 통해 노무 업무의 이해도 제고와 근로자 인건비 집행의 적정성을 검토하였다.

2016년에는 중등 직업교육 비중 확대 관련 학생 배치계획 협의를 위해 부교육감 포함 10명으로 구성된 추진단을 운영하였다. 교육부의 엄중한 요청이 있었고, 당시 직업계고 학생 수용 비중이 작아서 국가적 산업 수요를 따라가지 못한다는 지적에 대한 대안을 마련하였다.

2015년 학생 배치업무에서는 '미래형 인천 교육여건 조성을 위한 연구용역'을 시행하면서 실무추진단, 자문단, 검토단 등을 운영하였다. 각각의 협의체들은 연구용역 과정에서 적극적으로 참여하거나 업무지원을 수행했다.

2012년에는 중고등학교 학교군 및 배정업무 개선을 위한 실무 추진 TF를 구성했다. 이를 통해 학교군 고시 재검토, 비 선호학교 중심의 배정 문제에 대해 검토하였다.

2011년에는 고입 전형 개선을 위한 소위원회에서 실무위원으로 참가했다. 여기에서는 고등학교 학생들의 면학 분위기 조성을 위한 학생수용계획의 조정, 고입 전형 일정 조정, 고등학교 간 전편입학 민원을 해소하고자 했다.

2010년에는 해외 유학 후 귀국한 학생의 국내 학교 편입학 절차를 돕기 위한 업무개선 동아리를 중등교육과 장학사들과 함께 구성하여 운영했다.

최근 10여 년을 전후해서 무려 9개의 동아리를 주도하거나 참여했다. 이러한 과정에서 인천교육청의 업무들이 개선되고 복잡한 갈등이나 문제들이 해소되는 과정을 직간접적으로 경험했다.

성공하는 주무관이 되기 위해서는 적극적인 동아리 활동이 필요하다. 누구나 동아리를 한두 번 참여하다 보면 집단지성의 위대한 힘을 보게 될 것이다.

내가 주도한 동아리 중 유독 성과가 좋았던 활동이 있고, 어떤 경우는 미진한 결과로 이어지기도 했다. 그

차이가 무엇이었을까?

경험을 통한 나의 답은 의외로 간단하다. 첨예한 갈등이나 문제가 꼬여 있어도 참여자의 문제 해결 의지와 주최 측의 갈등에 대한 조정 능력이 수반된다면 언제든 성공하는 동아리가 될 것이라 확신한다.

산업안전보건 팀에서 수행한 첫 번째 동아리가 그 예다. 관리감독자 업무를 누구도 맡지 않겠다고 공식적이고 집단적인 의사 표명이 계속되면서 갈등이 심화한 상태였다.

감독기관인 고용노동부 강사를 통한 산업안전보건 법령의 사전연수 이후, 몇 번의 토론과 협의를 통하여 갈등은 더 커지는 듯했다. 그러나 협의체를 주도한 나는 끝까지 구성원의 의견을 존중하는 마음으로 경청하자고 주장했다.

서로의 존재에 대한 다름을 인정하자는 취지에서 협의체 명칭도 '다람', 즉 다름을 인정하는 안전보건 아람의 줄인 말로써 신조어를 창안했노라고 설명했다.

또한 당시 참여한 구성원들은 사전연수를 통하여 누군가는 관리감독자 업무를 수행해야 함을 인식했다. 그러면서도 '우리 영양교사는 안 된다.', '우리 행정실장은 안 된다'라는 등 반대 의사를 강하게 표현하기 위해 자발적으로 참여했다.

토론을 이어가기 부담스러운 상황에서는 회의를 중

단시키기도 했다. 때로는 업무용 메신저나 카톡으로 의견을 수렴하는 등 조정자로서 역할도 했다. 그런 가운데 의견수렴 결과 업무보고, 교장대표단과 국장 면담까지 이어지면서 종국에는 갈등이 해소되었다.

또한 열심히 참여한 구성원에 대한 유공자 표창 등 사기를 함양할 수 있는 보상이 따른 경우에도 특출난 성과가 수반되었다. 노무관리 TF가 그 예다.

근로자 인건비의 정확한 집행 여부를 확인하기 위한 지도점검 프로그램을 자체적으로 구축하여 현장에 적용했다. 그러면서 착오 지급된 수당이나 급여를 환수하는 등 교육예산 절감에 크게 이바지했다.

아울러, 동 프로그램을 모든 공립학교에 전파하였고, 학교 등에서 자체적으로 점검하도록 사용자 교육까지 진행하였다. 파급효과가 상상 이상으로 확대되면서 구성원 모두가 자긍심을 가지기도 했다.

노무관리 TF 추진을 위한 사전설명회에서 유공자 5명을 선발하여 교육감 표창을 수여하겠노라고 말했고, 실제 사업 종료와 함께 표창을 진행했다. 표창장을 받은 당사자는 물론이고 표창 업무를 주도한 나에게도 성취감이 매우 컸던 기억이 있다.

지속적인 동아리 활동의 참여는 근면한 생활을 요구한다. 시시때때로 주어진 업무를 수행하면서 동시에 문제 해결을 위한 동아리 활동에 참여하려면 부지런한 업무의 연찬과 성찰, 때로는 고민이 필요한 경우도 많았다.

나는 교육청의 이 부서 저 부서 등을 옮겨 다니며 오래 근무하다 보니, 비교적 빠른 업무처리 능력을 터득했다. 또한 강한 업무 추진력과 책임감 등도 자각하게 되었다. 이런 장점들이 동아리 추진과 활동에 기반이 되었다. 선택받은 공직 생활이었다.

에필로그

나는 성공한 주무관인가?

성공과 행복의 기준은 저마다 다르다. 나는 공직 생활을 통한 자존감의 유지라는 측면에서는 분명 성공한 주무관이었다.

그러나 삶의 궁극적 목적이라 할 수 있는 '행복했는가?'라는 물음에서는 그렇게 대답할 수 없다.

이제, 물음에 답을 해야 한다. 나는 성공한 주무관이었는가? 적어도 '성공한 주무관이 되기 위해 치열한 노력을 했다'라고 말할 수는 있다.

내 삶의 궁극적 목적은 행복이다. 이런 측면에서는 성공한 주무관이라고 말하기 어렵다. 승진 시험 3진 아웃, 그 후 5년이 지난 뒤의 사무관 승진은 그나마 다행이다.

성공이란 무엇인가? 사전적 의미는 '목적하는 바를 이룬 것'이다. 이렇게 기준을 세우면, 성공과 실패가 명확해진다.

지난 25년간의 공무원 생활에서 나는 무엇을 목적했는가? 아울러, 그것을 이루었는가?

함께 근무하는 선후배와 동료, 업무 상대방, 가족과 지인 등 모든 이에게서 존중받고자 했다. 그러기 위해서 내가 먼저 그들을 존중했다. 그러한 노력으로 전부는 아니지만, 사람들에게서 존중받으며 지내왔다. 나름 성공적이다.

어느 순간부터 유연한 시각을 가지고 업무를 처리해야 한다고 이정표를 세웠다. 학생 배치업무, 노무 업무, 교직원수련원과 연수원, 산업안전보건 등 최근의 업무 과정에서 유연한 관점을 가지려고 부단히 애를 써왔다.

그 결과 2018년 말의 단체협약, 치열한 논쟁이 계속되던 관리감독자 지정, 산업안전보건위원회의 빠른 구성과 정상화, 옆자리 직원과 잘 지내기, 일방적 주장보다는 협력과 토론을 염두에 둔 업무처리 등으로 이어졌다.

그러나 3진 아웃의 고통은 너무 쉽게 닥쳐왔다. 모든 것들이 무너져 내렸고, 좌절감에 온몸이 젖었다. 그러나 결코 어떤 것도 포기하지 않았다. 내가 처한 상황과 현실을 직시하며 받아들였다.

이 과정에서 나는 '고맙습니다. 감사합니다'라는 주문을 외우고 다녔다. 지금도 가끔 외치고 있다. 신기루 같기만 했던 사무관 승진도 드디어 이루었다.

공직 생활 중 마라톤과 백두대간 길 등산, 계속된 동아리 활동, 2번의 대학 진학과 대학원 졸업, 위험천만했던 수많은 술자리 등이 있었다. 그래서 무엇을 얻었는가?

돌이켜보면 공부와 운동, 업무 이외 활동은 나의 자존감을 유지하는 수단이었다. 성취감도 있었다. 가장 행복한 순간들이었다.

오랜 기간 교육청 생활에서 보고서 작성의 달인이란 소리도 들었다. 잘못된 처신으로 불미스러운 경험도 없었다.

작은 실수들은 있었을 것이나, 의회에 불려 나가 답변해야 하는 실수도 없었다. 다행스럽고 감사한 일이라 생각한다.

전·입학으로 인한 부정한 청탁을 근절하고 학부모 편의를 제공한 '전입학 알리미'는 지금까지 운용되고 있다. 학교와 교육청 업무담당자의 행정력을 크게 절감했고, 내가 이룬 가장 큰 성과였다.

교직원수련원에서의 객실 수건 지급과 변상금 개선 등은 현재도 그곳에서 운용되고 있다. 상대방의 문제를 직면한 결과이다. 때로는 앞만 보고 직진해야 할 경우가 있는데, 당시의 내가 그렇다.

산업안전보건 팀이라는 신설 부서에서 업무체계를 세웠고, 다년간의 학생 배치업무를 수행하면서 수많은 제도개선으로 교육 발전에 이바지하고자 최선을 다한 주무관 시절이었다.

이렇게 다양한 활동과 성과를 이루어 온 나는 과연 성공한 주무관인가?

목적한 바를 모두 이루지 못한 것은 분명하다. 목표했던 사무관 승진 시험에서 3진 아웃이란 지뢰로 발목이 부러졌다.

이후 나와 함께 한 동료와 선후배들은 나를 탓하지도 무시하지도 않았다. 그러나 나 스스로 대인기피증에 시달렸다. 불안과 고립도 있었다.

절름발이처럼 5년 이상을 지내왔다. 현재의 나, 외관상으로는 멀쩡해 보여도 내상이 심각하다. 치료에 상당한 시간이 필요할 듯하다.

다행인 점은 이 책을 쓰기 시작하면서, 내상에 대한 치유가 이루어지고 있음을 느낀다.

나는 성공한 주무관이었는가? 분명한 것은, 지난 25년간 교육 현장에서 행복을 실현하고자 부단히 노력한 주무관이었다.

감사합니다. 고맙습니다.

<저자 조희정>

- 전북 순창 태생, 금오공고(기계)와 전주대학교(법)
- 한국방송통신대학교(교육, 농학)
- 안양대학교 경영행정대학원 석사(사회복지학)
- 인천교육청 근무(중등, 설립, 노사, 산업, 재정 업무)
- 저작: 넋두리(2022)

성공하는 주무관 되기

발　행 | 2022년 10월 21일
저　자 | 조희정
펴낸이 | 한건희
펴낸곳 | 주식회사 부크크
출판사등록 | 2014.07.15.(제2014-16호)
주　　소 | 서울특별시 금천구 가산디지털1로 119 SK트윈타워 A동 305호
전　화 | 1670-8316
이메일 | info@bookk.co.kr

ISBN | 979-11-372-9866-8

www.bookk.co.kr